猫城记

老舍幻想集

老舍 著

中国文史出版社
CHINA CULTURAL AND HISTORICAL PRESS

图书在版编目（CIP）数据

猫城记 : 老舍幻想集 / 老舍著 . -- 北京 : 中国文
史出版社 , 2023.3

ISBN 978-7-5205-4034-6

Ⅰ . ①猫… Ⅱ . ①老… Ⅲ . ①长篇小说—中国—现代
Ⅳ . ① I246.5

中国国家版本馆 CIP 数据核字（2023）第 037807 号

责任编辑：梁玉梅

出版发行：中国文史出版社

社　　　址：北京市海淀区西八里庄路 69 号院　邮编：100142
电　　　话：010-81136606　81136602　81136603（发行部）
传　　　真：010-81136655
印　　　装：北京新华印刷有限公司
经　　　销：全国新华书店
开　　　本：700mm×980mm　1/16
印　　　张：15.25
字　　　数：223 千字
版　　　次：2024 年 3 月第 1 版
印　　　次：2024 年 3 月第 1 次印刷
定　　　价：49.80 元

目录

猫城记

自序

我向来不给自己的作品写序。怕麻烦；很立得住的一个理由。还有呢，要说的话已都在书中说了，何必再絮絮叨叨？再说，夸奖自己吧，不好；咒骂自己吧，更合不着。莫若不言不语，随它去。

此次现代书局嘱令给《猫城记》作序，天大的难题！引证莎士比亚需要翻书；记性向来不强。自道身世，说起来管保又臭又长，因为一肚子倒有半肚子牢骚；哭哭啼啼也不像个样子——本来长得就不十分体面。怎么办？

好吧，这么说：《猫城记》是个噩梦。为什么写它？最大的原因——吃多了。可是写得很不错，因为二姐和外甥都向我伸大拇指，虽然我自己还有一点点不满意。不很幽默。但是吃多了大笑，震破肚皮还怎再吃？不满意，可也无法。人不为面包而生。是的，火腿、面包其庶几乎？

二姐嫌它太悲观，我告诉她，猫人是猫人，与我们不相干，管它悲观不悲观。二姐点头不已。

外甥问我是哪一派的写家？属于哪一阶级？代表哪种人讲话？是否脊椎动物？得了多少稿费？我给他买了十斤苹果，堵上他的嘴。他不再问，我乐得去睡大觉。梦中倘有所见，也许还能写本"狗城记"。是为序。

年月日，刚睡醒，不大记得

猫人

第一章

飞机是碎了。

我的朋友——自幼和我同学；这次为我开了半个多月的飞机——连一块整骨也没留下！

我自己呢，也许还活着呢？我怎能没死？神仙大概知道。我顾不及伤心了。

我们的目的地是火星。按着我的亡友的计算，在飞机出险以前，我们确是已进了火星的气圈。那么，我是已落在火星上了？假如真是这样，我的朋友的灵魂可以自安了：第一个在火星上的中国人，死得值！但是，这"到底"是哪里？我只好"相信"它是火星吧；不是也得是，因为我无从证明它的是与不是。自然从天文上可以断定这是哪个星球；可怜，我对于天文的知识正如对古代埃及文字，一点也不懂！我的朋友可以毫不迟疑地指示我，但是他，他……噢！我的好友，与我自幼同学的好友！

飞机是碎了。我将怎样回到地球上去？不敢想！只有身上的衣裳——碎得像些挂着的干菠菜——和肚子里的干粮；不要说回去的计划，就是怎样在这里活着，也不敢想啊！言语不通，地方不认识，火星上到底有与人类相似的动物没有？问题多得像……就不想吧；"火星上的漂流者"，还不足以自慰吗？使忧虑减去勇敢是多么不上算的事！

这自然是追想当时的情形。在当时，脑子已震昏。震昏的脑子也许会发生许多不相连贯的思念，已经都想不起了；只有这些——怎样回去和怎样活着——似乎在脑子完全清醒之后还记得很真切，像被海潮打上岸来的两块木板，船已全沉了。

我清醒过来。第一件事是设法把我的朋友那一堆骨肉埋葬起来。那架飞机，我连看它也不敢看。它也是我的好友，它将我们俩运到这里来，忠诚的机器！朋友都死了，只有我还活着，我觉得他们俩的不幸好像都是我的过错！两个有本事的倒都死了，只留下我这个没能力的，傻子偏有福气，多么难堪的自慰！我觉得我能只手埋葬我的同学，但是我一定不能把飞机也掩埋了，所以我不敢看它。

我应当先去挖坑，但是我没有去挖，只呆呆地看着四外，从泪中看着四外。我为什么不抱着那团骨肉痛哭一场？我为什么不立刻去掘地？在一种如梦方醒的状态中，有许多举动是我自己不能负责的，现在想来，这或者是最近情理的解释与自恕。

我呆呆地看着四外。奇怪，那时我所看见的我记得清楚极了，无论什么时候我一闭眼，便能又看见那些景物，带着颜色立在我的面前，就是颜色相交处的影线也都很清楚。只有这个与我幼时初次随着母亲去祭扫父亲坟墓时的景象是我终身忘不了的两张图画。

我说不上来我特别注意到什么；我给四围的一切以均等的"不关切的注意"，假如这话能有点意义。我好像雨中的小树，任凭雨点往我身上落；落上一点，叶儿便动一动。

我看见一片灰的天空。不是阴天，这是一种灰色的空气。阳光不能算不强，因为我觉得很热；但是它的热力并不与光亮作正比，热只管热，并没有夺目的光华。我似乎能摸到四围的厚重、热、密、沉闷的灰气。也不是有尘土，远处的东西看得很清楚，绝不像有风沙。阳光好像在这灰中折减了，而后散匀，所以处处是灰的，处处还有亮，一种银灰的宇宙。中国北方在夏旱的时候，天上浮着层没作用的灰云，把阳光遮减了一些，可是温度还是极高，便有点与此地相似；不过此地的灰气更暗淡一些，更低重一些，那灰重的云好像紧贴着我的脸。豆腐房在夜间储满了热气，只有一盏油灯在热气中散着点鬼光，便是这个宇宙的雏形。这种空气使我觉着不自在。远处有些小山，也是灰色的，比天空更深一些；因为不是没有阳光，小山上是灰里带着些淡红，好像野鸽脖子上的彩闪。

灰色的国！我记得我这样想，虽然我那时并不知道那里有国家没有。

从远处收回眼光，我看见一片平原，灰的！没有树，没有房子，没有田地，平，平；平得讨厌。地上有草，都擦着地皮长着，叶子很大，可是没有竖立的梗子。土脉不见得不肥美，我想，为什么不种地呢？

离我不远，飞起几只鹰似的鸟，灰的，只有尾巴是白的。这几点白的尾巴给这全灰的宇宙一点变化，可是并不减少那惨淡蒸郁的气象，好像在阴苦的天空中飞着几片纸钱！

鹰鸟向我这边飞过来。看着看着，我心中忽然一动，它们看见了我的朋友，那堆……远处又飞起来几只。我急了，本能地向地下找，没有铁锹，连根木棍也没有！不能不求救于那只飞机了；有根铁棍也可以慢慢地挖一个坑。但是，鸟已经在我头上盘旋了。我顾不得再看，可是我觉得出它们是越飞越低，它们的啼声，一种长而尖苦的啼声，就在我的头上。顾不得细找，我便扯住飞机的一块，也说不清是哪一部分，疯了似的往下扯。鸟儿下来一只。我拼命地喊了一声。它的硬翅颤了几颤，两腿已将落地，白尾巴一勾，又飞起去了。这只飞起去了，又来了两三只，都像喜鹊逮住些食物那样叫着；上面那些只的啼声更长了，好像哀求下面的等它们一等；末了，"喳"的一声全下来了。我扯那飞机，手心黏了，一定是流了血，可是不觉得疼。扯，扯，扯；没用！我扑过它们去，用脚踢，喊着。它们伸开翅膀向四外躲，但是没有飞起去的意思。有一只已在那堆……上啄了一口！我的眼前冒了红光，我扑过它去，要用手抓它；只顾抓这只，其余的那些环攻上来了；我又乱踢起来。它们喳喳地叫，伸着硬翘往四外躲；只要我的腿一往回收，它们便红着眼攻上来。而且攻上来之后，不愿再退，有意要啄我的脚了。

忽然我想起来：腰中有支手枪。我刚立定，要摸那支枪；什么时候来的？我前面，就离我有七八步远，站着一群人；一眼我便看清，猫脸的人！

第二章

掏出手枪来，还是等一等？许多许多不同的念头环绕着这两个主张；在这一分钟里，我越要镇静，心中越乱。结果，我把手枪放下去了。向自己笑了一笑。到火星上来是我自己情愿冒险，叫这群猫人把我害死——这完全是设想，焉知他们不是最慈善的呢——是我自取；为什么我应当先掏枪呢！一点善意每每使人勇敢；我一点也不怕了。是福是祸，听其自然；无论如何，衅不应由我开。

看我不动，他们往前挪了两步。慢，可是坚决，像猫看准了老鼠那样地前进。

鸟儿全飞起来，嘴里全叼着块……我闭上了眼！

眼还没睁开——其实只闭了极小的一会儿——我的双手都被人家捉住了。想不到猫人的举动这么快；而且这样的轻巧，我连一点脚步声也没听见。

没往外拿手枪是个错误。不！我的良心没这样责备我。危患是冒险生活中的饮食。心中更平静了，连眼也不愿睁了。这是由心中平静而然，并不是以退为进。他们握着我的双臂，越来越紧，并不因为我不抵抗而松缓一些。这群玩意儿是善疑的，我心中想；精神上的优越使我更骄傲了，更不肯和他们较量力气了。每只胳臂上有四五只手，很软，但是很紧，并且似乎有弹性，与其说是握着，不如说是箍着，皮条似的往我的肉里杀。挣扎是无益的。我看出来：设若用力抽夺我的胳臂，他们的手会箍进我的肉里去；他们是这种人：不光明地把人捉住，然后不看人家的举动如何，总得给人家一种极残酷的肉体上的虐待。设若肉体上的痛苦能使精神的光明减色，惭愧，这时候我确乎有点后悔了；对这种人，假如我的推测不错，是应当采取"先下手为强"的政策；"当"的一枪，管保他们全跑。但是事已至此，后悔是不会改善环境的；光明正大是我自设的陷阱，就死在自己的光明之下吧！我睁开了眼。他们全在我的背后呢，似乎是预定好即使我睁开眼也看不见他们。这种鬼祟的行动使我不由得起了厌恶他们的心；我不怕死；我心里说："我已经落在你们的手中，杀了我，何必这样偷偷摸摸的呢！"我不由得说出来："何必这样……"我没往下说；他们决不会懂我的话。胳臂上更紧了，那半句话的效果！我心里想：就是他们懂我的话，也还不是白费唇舌！我连头也不回，凭他们摆布；我只希望他们用绳子拴上我，我的精神正如肉体，同样地受不了这种软、紧、热、讨厌的攫握！

空中的鸟更多了，翅子伸平，头往下勾勾着，预备得着机会便一翅飞到地，去享受与我自幼同学的朋友的……

背后这群东西到底玩什么把戏呢？我真受不了这种钝刀慢锯的办法了！但是，我依旧抬头看那群鸟，残酷的鸟们，能在几分钟内把我的朋友吃净。啊！能几分钟吃净一个人吗？那么，鸟们不能算残酷的了；我羡慕我那亡友，朋友！你死得痛快，消灭得痛快，比较起我这种零受的罪，你的是无上的幸福！

"快着点！"几次我要这么说，但是话到唇边又收回去了。我虽然一点不知道猫人的性情习惯，可是在这几分钟的接触，我似乎直觉地看出来，他们是宇宙间最残忍的人；残忍的人是不懂得"干脆"这个词的，慢慢用锯齿锯，是他们的一种享受。说话有什么益处呢？我预备好去受针尖刺手指甲肉、鼻子里灌煤油——假如火星上有针和煤油。

我落下泪来，不是怕，是想起来故乡。光明的中国，伟大的中国，没有残暴，没有毒刑，没有鹰吃死尸。我恐怕永不能再看那块光明的土地了，我将永远不能享受合理的人生了；就是我能在火星上保存着生命，恐怕连享受也是痛苦吧?!

我的腿上也来了几只手。他们一声不出，可是吸呼气儿热乎乎地吹着我的背和腿；我心中起了好似被一条蛇缠住那样的厌恶。

咯当的一声，好像多少年的静寂中的一个响声，听得分外清楚，到如今我还有时候听见它。我的腿腕上了脚镣！我早已想到有此一举。腿腕登时失了知觉，紧得要命。

我犯了什么罪？他们的用意何在？想不出，也不必想。在猫脸人的社会里，理智是没用的东西，人情更提不到，何必思想呢。

手腕也锁上了。但是，出我意料之外，他们的手还在我的臂与腿上箍着。过度的谨慎——由此生出异常的残忍——是黑暗生活中的要件；我希望他们锁上我而撤去那些只热手，未免希望过奢。

脖子上也来了两只热手。这是不许我回头的表示；其实谁有那么大的工夫去看他们呢！人——不论怎样坏——总有些自尊的心；我太看低他们了。也许这还是出于过度的谨慎，不敢说，也许脖子后边还有几把明晃晃的刀呢。

这还不该走吗？我心中想。刚这么一想，好像故意显弄他们也有时候会快当一点似的，我的腿上挨了一脚，叫我走的命令。我的腿腕已经箍麻了，这一脚使我不由得向前跌去，但是他们的手像软而硬的钩子似的，钩住我的肋条骨；我听见背后像猫示威时相噗的声音，好几声，这大概是猫人的笑。很满意这样地挫磨我，当然是。我身上不知出了多少汗。

他们为快当起见，颇可以抬着我走；这又是我的理想。我确是不能迈步了；这正是他们非叫我走不可的理由——假如这样用不太羞辱了"理由"这两个字。

汗已使我睁不开眼，手是在背后锁着；就是想摇摇头摆掉几个汗珠也不行，他们箍着我的脖子呢！我直挺着走，不，不是走，但是找不到一个字足以表示跳、拐、跌、扭等掺和起来的行动。

走出只几步，我听见——幸而他们还没堵上我的耳朵——那群鸟一齐"喳"的一声，颇似战场上冲锋的"杀"；当然是全飞下去享受……我恨我自己；假如我早一点动手，也许能已把我的同学埋好；我为什么在那块呆呆地看着呢！朋友！就是我能不死，能再到这里来，恐怕连你一点骨头碴儿也找不着了！我终身的甜美记忆的总量也抵不住这一点悲苦惭愧，哪时想起来哪时便觉得我是个人类中最没价值的！

好像在噩梦里：虽然身体受着痛苦，可是还能思想着另外一些事；我的思想完全集中到我的亡友，闭着眼看我脑中的那些鹰，啄食着他的肉，也啄食着我的心。走到哪里了？就是我能睁开眼，我也不顾得看了；还希望记清了道路，预备逃出来吗？我是走呢？还是跳呢？还是滚呢？猫人们知道。我的心没在这个上，我的肉体已经像不属于我了。我只觉得头上的汗直流，就像受了重伤后还有一点知觉那样，渺渺茫茫地觉不出身体在哪里，只知道有些地方往外冒汗，命似乎已不在自己手中了，可是并不觉得痛苦。

我的眼前完全黑了；黑过一阵，我睁开了眼；像醉后刚还喝了酒的样子。我觉出腿腕的疼痛来，疼得钻心；本能地要用手去摸一摸，手腕还锁着呢。这时候我眼睛才看见东西，虽然似乎已经睁开了半天。我已经在一个小船上；什么时候上的船，怎样上去的，我全不知道。大概是上去半天了，因为我的脚腕已缓醒过来，已觉得疼痛。我试着回回头，脖子上的那两只热手已没有了；回过头去看，什么也没有。上面是那银灰的天；下面是条温腻深灰的河，一点声音也没有，可是流得很快；中间是我与一只小船，随流而下。

第三章

我顾不得一切的危险，"危险"这两个字在此时完全不会在脑中发现。热，饿，渴，痛，都不足以胜过疲乏——我已坐了半个多月的飞机——不知道怎么会挣扎得斜卧起来，我就那么睡去了；仰卧是不可能的，手上的锁镣不许我放平了脊背。把命交给了这浑腻蒸热的河水，我只管睡；还希望在这种情形里做个好梦吗?!

再一睁眼，我已靠在一个小屋的一角坐着呢；不是小屋，小洞更真实一点；没有窗户，没有门；四块似乎是墙的东西围着一块连草还没铲去的地，顶棚是一小块银灰色的天。我的手已自由了，可是腰中多了一根粗绳，这一头缠着我的腰，虽然我并不需要这么根腰带，那一头我看不见，或者是在墙外拴着；我必定是从天而降地被系下来的。怀中的手枪还在，奇怪！

什么意思呢？绑票？向地球上去索款？太费事了。捉住了怪物，预备训练好了去到动物园里展览？或是送到生物学院去解剖？这倒是近乎情理。我笑了，我确乎有点要疯。口渴得要命。为什么不拿去我的手枪呢？这点惊异与安慰并不能使口中增多一些津液。往四处看，绝处逢生。与我坐着的地方平行的墙角有个石罐。里边有什么？谁去管，我一定过去看看，本能是比理智更聪明的。脚腕还绊着，跳吧。忍着痛往起站，立不起来，试了几试，腿已经不听命令了。坐着吧。渴得胸中要裂。肉体的需要把高尚的精神丧尽，爬吧！小洞不甚宽大，伏在地上，也不过只差几寸吧，伸手就可以摸着那命中希望的希望，那个宝贝罐子。但是，那根腰带在我躺平以前便下了警告，它不允许我躺平，设若我一定要往前去，它便要把我吊起来了。无望。

口中的燃烧使我又起了飞智：脚在前，仰卧前进，学那翻不过身的小硬盖虫。绳子虽然很紧，用力挣扎究竟可以往肋部上匀一匀，肋部总比腿根瘦一些，能匀到胸部，我的脚便可以碰到罐子上，哪怕把肋部都磨破了呢，究竟比这么渴着强。肋部的皮破了，不管；前进；疼，不管；啊，脚碰着了那个宝贝！

脚腕锁得那么紧，两个脚尖直着可以碰到罐子，但是张不开，无从把它抱住；拳起一点腿来，脚尖可以张开些，可是又碰不到罐子了。无望。

只好仰卧观天。不由得摸出手枪来。口渴得紧。看了看那玲珑轻便的小枪。闭上眼，把那光滑的小圆枪口放在太阳穴上；手指一动，我便永不会口渴了。心中忽然一亮，极快地坐起来，转过身来面向墙角，对准面前的粗绳，当，当，两枪，绳子烧糊了一块。手撕，牙咬，疯了似的，把绳子终于扯断。狂喜使我忘了脚上的锁镣，猛然往起一立，跌在地上；就势便往石罐那里爬。端起来，里面有些光，有水！也许是水，也许是……顾不得迟疑。石罐很厚，不易喝；可是喝到一口，真凉，胜似仙浆玉露；努力总是有报酬的，好像我明白了一点什么生命的真理似的。

水并不多；一滴也没剩。

我抱着那个宝贝罐子。心中刚舒服一点，幻想便来了：设若能回到地球上去，我必定把它带了走。无望吧？我呆起来。不知有多久，我呆呆地看着罐子的口。

头上飞过一群鸟，简短地啼着，将我唤醒。抬头看，天上起了一层浅桃红的霞，没能把灰色完全掩住，可是天像高了一些，清楚了一些，墙顶也镶上一线有些力量的光。天快黑了，我想。

我应当干什么呢？

在地球上可以行得开的计划，似乎在此地都不适用；我根本不明白我的对方，怎能决定办法呢。鲁滨逊并没有像我这样困难，他可以自助自决，我是要从一群猫人手里逃命；谁读过猫人的历史呢。

但是我必得做些什么？

脚镣必须除去，第一步工作。始终我也没顾得看看脚上拴的是什么东西，大概因为我总以为脚镣全应是铁做的。现在我必须看看它了，不是铁的，因为它的颜色是铅白的。为什么没把我的手枪没收，有了答案：火星上没铁。猫人们过于谨慎，唯恐一摸那不认识的东西受了危害，所以没敢去动。我用手去摸，硬的，虽然不是铁；试着用力扯，扯不动。什么做的呢？趣味与逃命的急切混合在一处。用枪口敲它一敲，有金属应发的响声，可是不像铁声。银子？铅？比铁软的东西，我总可以设法把它磨断，比如我能打破那个石罐，用石棱去磨——把想将石罐带到地球上去的计划忘了。拿起石罐想往墙上碰；不敢，万一惊动了外面的人呢；外面一定有人看守着，我想。不能，刚才已经放过枪，并不见有动静。后怕起来，设若刚才随着枪声进来一群人？可是，既然没来，放胆吧；罐子出了手，只碰下一小块来，因为小所以很锋利。我开始工作。

铁打房梁磨成绣花针，功到自然成；但是打算在很短的时间用块石片磨断一条金属的脚镣，未免过于乐观。经验多数是"错误"的儿女，我只能乐观地去犯错误；由地球上带来的经验在此地是没有多少价值的。磨了半天，有什么用呢，它纹丝没动，好像是用石片切金刚石呢。

摸摸身上的碎布条，摸摸鞋，摸摸头发，万一发现点能帮助我的东西呢；我已经似乎变成个没理智的动物。啊！腰带下的小裤兜里还有盒火柴，一个小"铁"盒。要不是细心地搜寻真不会想起它来；我并不吸烟，没有把火柴放在身上的习惯。我为什么把它带在身边？想不起。噢，想起来了：朋友送给我的，他听到我去探险，临时赶到飞机场送行，没有可送我的东西，就把这个盒塞在我的小袋里。"小盒不会给飞机添多少重量，我希望！"他这么说来着。我想起来了。好似多少年以前的事了；半个月的飞行不是个使心中平静清楚的事。

我玩弄着那个小盒，试着追想半个月以前的事；眼前的既没有希望，只好回想过去的甜美，生命是会由多方面找到自慰的。

天黑上来了。肚中觉出饿来。划了一根火柴，似乎要看看四下有没有可吃的东西。灭了，又划了一根；无心地、可笑地把那点小火放在脚镣上去烧烧看。呼！吱——像写个草书的四字——の——那么快，脚腕上已剩下一些白灰。一股很不好闻的气味，钻入鼻孔，叫我要呕。

猫人还会利用化学做东西，想不到的事！

第四章

命不自由，手脚脱了锁镣有什么用呢！但是我不因此而丧气；至少我没有替猫人们看守这个小洞的责任。把枪、火柴盒，都带好；我开始揪着那打断的粗绳往墙上爬。头过了墙，一片深灰，不像是黑夜，而是像没有含着烟的热雾。越过墙头，跳下去。往哪里走？在墙内时的勇气减去十分之八。没有人家，没有灯光，没有声音。远处——也许不远，我测不准距离——似乎有片树林。我敢进树林吗？知道有什么野兽？

我抬头看着星星，只看得见几个大的在灰空中发着些微红的光。

又渴了，并且很饿。在夜间猎食，就是不反对与鸟兽为伍，我也没那份本事。幸而不冷；在这里大概日夜赤体是不会受寒的。我倚了那小屋的墙根坐下，看看天上那几个星，看看远处的树林。什么也不敢想；就是最可笑的思想也会使人落泪：孤寂是比痛苦更难堪的。

这样坐了许久，我的眼慢慢地失了力量；可是我并不敢放胆地睡去，闭了一会儿，心中一动，努力地睁开，然后又闭上。有一次似乎看见了一个黑影；但在看清之前就又不见了。因疑见鬼，我责备自己，又闭上了眼；刚闭上又睁开了，到底是不放心。哼！又似乎有个黑影，刚看到，又不见了。我的头发根立起来了。到火星上捉鬼不在我的计划之中。不敢再闭眼了。

好大半天，什么也没有。我试着闭上眼，留下一点小缝看着；来了，那个黑影!

不怕了，这一定不是鬼，是个猫人。猫人的视官必定特别的发达，能由远处看见我的眼睛的开闭。紧张，高兴，几乎停止了呼吸，等着；他来在我的身前，我便自有办法；好像我一定比猫人优越似的，不知根据什么理由，或者因为我有把手枪？可笑。

时间在这里是没有丝毫价值的，好似等了几个世纪他才离我不远了；每一步似乎需要一刻，或一点钟，一步带着整部历史遗传下来的谨慎似的。东试一步，西试一步，弯下腰，轻轻地立起来，向左扭，向后退，像片雪花似的伏在地上，往前爬一爬，又躬起腰来……小猫夜间练习捕鼠大概是这样，非常的有趣。

不要说动一动，我猛一睁眼，他也许一气跑到空间的外边去。我不动，只是眼睛留着个极小的缝儿看他到底怎样。

我看出来了，他对我没有恶意，他是怕我害他。他手中没拿着家伙，又是独自来的，不会是要杀我。我怎能使他明白我也不愿意加害于他呢？不动作是最好的办法，我以为，这至少不会吓跑了他。

他离我越来越近了。能觉到他的热气了。他斜着身像接力竞走预备接替时的姿势，用手在我的眼前摆了两摆。我微微地点了点头。他极快地收回手去，保持着要跑的姿势，可是没跑。他看着我；我又轻轻地一点头。他还是不动。我极慢地抬起双手，伸平手掌给他看。他似乎能明白这种"手语"，也点了点头，收回那条伸出老远的腿。我依旧手掌向上，屈一屈指，作为招呼他的表示。他也点点头。我挺起点腰来，看看他，没有要跑的意思。这样极痛苦的可笑磨烦了至少有半点钟，我站起来了。

假如磨烦等于做事，猫人是最会做事的。换句话说，他与我不知磨烦了多大工夫，打手势，点头，撇嘴，耸鼻子，差不多把周身的筋肉全运动到了，表示我们俩彼此没有相害的意思。当然还能磨烦一点钟，哼，也许一个星期，假如不是远处又来了黑影——猫人先看见的。及至我也看到那些黑影，猫人已跑出四五步，一边跑一边向我点手。我也跟着他跑。

猫人跑得不慢，而且一点声音没有。我是又渴又饿，跑了不远，我的眼前已起了金星。但是我似乎直觉地看出来：被后面那些猫人赶上，我与我这个猫人必定得不到什么好处；我应当始终别离开这个新朋友，他是我在火星上冒险的好帮手。后面的人一定追上来了，因为我的朋友脚上加了劲。又支持了一会儿，我实在不行了，心好像要由嘴里跳出来。后面有了声音，一种长而尖酸的嚎声！猫人们必是急了，不然怎能轻易出声儿呢。我知道我非倒在地上不行了，再跑一步，我的命一定会随着一口血结束了。

用生命最后的一点力量，把手枪掏出来。倒下了，也不知道向哪里开了一枪，我似乎连枪声都没听见就昏过去了。

再一睁眼：屋子里，灰色的，一圈红光，地，飞机，一片血，绳子……我又闭上了眼。

隔了多日我才知道：我是被那个猫人像拉死狗似的拉到他的家中。他若是不告诉我，我始终不会想到怎么来到此地。火星上的土是那么的细美，我的身上一点也没有磨破。那些追我的猫人被那一枪吓得大概跑了三天也没有住脚。这把小手枪——只实着十二个子弹——使我成了名满火星的英雄。

迷叶

第五章

　　我一直地睡下去，若不是被苍蝇咬醒，我也许就那么睡去，睡到永远。原谅我用"苍蝇"这个名词，我并不知道它们的名字；它们的样子实在像小绿蝴蝶，很美，可是行为比苍蝇还讨厌好几倍；多得很，每一抬手就飞起一群绿叶。

　　身上很僵，因为我是在"地"上睡了一夜，猫人的言语中大概没有"床"这个字。一手打绿蝇，一手摩擦身上，眼睛巡视着四围。屋里没有可看的。床自然就是土地，这把卧室中最重要的东西已经省去。希望找到个盆，好洗洗身上，热汗已经泡了我半天一夜。没有。东西既看不到，只好看墙和屋顶，全是泥做的，没有任何装饰。四面墙围着一团臭气，这便是屋子。墙上有个三尺来高的洞，是门；窗户，假如一定要的话，也是它。

　　我的手枪既没被猫人拿去，也没丢失在路上，全是奇迹。把枪带好，我从小洞爬出来了。明白过来，原来有窗也没用，屋子是在一个树林里——大概就是昨天晚上看见的那片——树叶极密，阳光就是极强也不能透过，况且阳光还被灰气遮住。怪不得猫人的视力好。林里也不凉快，潮湿蒸热，阳光虽见不到，可是热气好像裹在灰气里；没风。

我四下里去看，希望找到个水泉，或是河沟，去洗一洗身上。找不到；只遇见了树叶、潮气、臭味。

猫人在一株树上坐着呢。当然他早看见了我。可是及至我看见了他，他还往树叶里藏躲。这使我有些发怒。哪有这么招待客人的道理呢：不管吃，不管喝，只给我一间臭屋子。我承认我是他的客人，我自己并没意思上这里来，他请我来的。最好是不用客气，我想。走过去，他上了树尖。我不客气地爬到树上，抱住一个大枝用力地摇。他出了声，我不懂他的话，但是停止了摇动。我跳下来，等着他。他似乎晓得无法逃脱，抿着耳朵，像个战败的猫，慢慢地下来。

我指了指嘴，仰了仰脖，嘴唇开闭了几次，要吃要喝。他明白了，向树上指了指。我以为这是叫我吃果子；猫人们也许不吃粮食，我很聪明地猜测。树上没果子。他又爬上树去，极小心地揪下四五片树叶，放在嘴中一个，然后都放在地上，指指我，指指叶。

这种喂羊的办法，我不能忍受；没过去拿那树叶。猫人的脸上极难看了，似乎也发了怒。他为什么发怒，我自然想不出；我为什么发怒，他或者也想不出。我看出来了，设若这么争执下去，一定没有什么好结果，而且也没有意味，根本谁也不明白谁。

但是，我不能自己去拾起树叶来吃。我用手势表示叫他拾起送过来。他似乎不懂。我也由发怒而怀疑了。莫非男女授受不亲，在火星上也通行？这个猫人闹了半天是个女的？不敢说，哼，焉知不是男男授受不亲呢？（这一猜算猜对了，在这里住了几天之后证实了这个。）好吧，因彼此不明白而闹气是无谓的，我拾起树叶，用手擦了擦。其实手是脏极了，被飞机的铁条刮破的地方还留着些血迹；但是习惯成自然，不由得这么办了。送到嘴中一片，很香，汁水很多；因为没有经验，汁儿从嘴角流下点来；那个猫人的手脚都动了动，似乎要过来替我接住那点汁儿；这叶子一定是很宝贵的，我想；可是这么一大片树林，为什么这样地珍惜一两片叶子呢？不用管吧，稀罕事儿多着呢。连气吃了两片树叶，我觉得头有些发晕，可是并非不好受。我觉得到那点宝贝汁儿不但走到胃中去，而且有股麻劲儿通过全身，身上立刻不僵得慌了。肚中麻酥酥地满起来。

心中有点发迷，似乎要睡，可是不能睡，迷糊之中又有点发痒，一种微醉样子的刺激。我手中还拿着一片叶，手似乎刚睡醒时那样松懒而舒服。没力气再抬。心中要笑，说不清脸上笑出来没有。我倚住一棵大树，闭了一会儿眼。极短的一会儿，头轻轻地晃了两晃。醉劲过去了，全身没有一个毛孔不觉得轻松得要笑，假如毛孔会笑。饥渴全不觉得了；身上无须洗了，泥，汗，血，都舒舒服服地贴在肉上，一辈子不洗也是舒服的。

树林绿得多了。四围的灰空气也正不冷不热、不多不少的合适。灰气绿树正有一种诗意的温美。潮气中，细闻，不是臭的了，是一种浓厚的香甜，像熟透了的甜瓜。"痛快"不足以形容出我的心境。"麻醉"，对，"麻醉"！那两片树叶给我心中一些灰的力量，然后如鱼得水地把全身浸渍在灰气之中。

我蹲在树旁。向来不喜蹲着；现在只有蹲着才觉得舒坦。

开始细看那个猫人；厌恶他的心似乎减去很多，有点觉得他可爱了。

所谓猫人者，并不是立着走，穿着衣服的大猫。他没有衣服。我笑了，把我上身的碎布条也拉下去，反正不冷，何苦挂着些零七八碎的呢。下身的还留着，这倒不是害羞，因为我得留着腰带，好挂着我的手枪。其实赤身佩带挂手枪也未尝不可，可是我还舍不得那盒火柴；必须留着裤子，以便有小袋装着那个小盒，万一将来再被他们上了脚镣呢。把靴子也脱下来扔在一边。

往回说，猫人不穿衣服。腰很长，很细，手脚都很短。手指脚趾也都很短。（怪不得跑得快而做事那么慢呢，我想起他们给我上锁镣时的情景。）脖子不短，头能弯到背上去。脸很大，两个极圆极圆的眼睛，长得很低，留出很宽的一个脑门。脑门上全长着细毛，一直地和头发——也是很细冗——连上。鼻子和嘴连到一块，可不是像猫的那样俊秀，似乎像猪的，耳朵在脑瓢上，很小。身上都是细毛，很光润，近看是灰色的，远看有点绿，像灰羽毛纱的闪光。身腔是圆的，大概很便于横滚。胸前有四对小乳，八个小黑点。

他的内部构造怎样，我无从知道。

他的举动最奇怪的，据我看是他的慢中有快，快中有慢，使我猜不透他的立意何在；我只觉得他是非常的善疑。他的手脚永不安静着，脚与手一样的灵便；用手脚似乎较用其他感官的时候多，东摸摸，西摸摸，老动着；还不是摸，是触，好像蚂蚁的触角。

究竟他把我拉到此地，喂我树叶，是什么意思呢？我不由得，也许是那两片树叶的作用，要问了。可是怎样问呢？言语不通。

第六章

　　三四个月的工夫，我学会了猫话。马来话是可以在半年内学会的，猫语还要简单得多。四五百字来回颠倒便可以讲说一切。自然许多事与道理是不能就这么讲明白的，猫人有办法：不讲。形容词与副词不多，名词也不富余。凡是像迷树的全是迷树：大迷树，小迷树，圆迷树，尖迷树，洋迷树，大洋迷树……其实这是些绝不相同的树。迷树的叶便是那能使人麻醉的宝贝。代名词是不大用的，根本没有关系代名词。一种极儿气的语言。其实只记住些名词便够谈话的了，动词是多半可以用手势帮忙的。他们也有文字，一些小楼小塔似的东西，很不好认；普通的猫人至多只能记得十来个。

　　大蝎——这是我的猫朋友的名字——认识许多字，还会做诗。把一些好听的名词堆在一处，不用有任何简单的思想，便可以成一首猫诗。宝贝叶宝贝花宝贝山宝贝猫宝贝肚子……这是大蝎的"读史有感"。猫人有历史，两万多年的文明。

　　会讲话了，我明白过来一切。大蝎是猫国的重要人物，大地主兼政客、诗人与军官。大地主，因为他有一大片迷树，迷叶是猫人的食物。他为什么养着我，与这迷叶大有关系。据他说，他拿出几块历史来作证——书都是石头做的，二尺见方半寸来厚一块，每块上有十来个极复杂的字——五百年前，他们是种地收粮，不懂什么叫迷叶。忽然有个外国人把它带到猫国来。最初只有上等人吃得起，后来他们把迷树也搬运了来，于是大家全吃入了瘾。不到五十年的工夫，不吃它的人是例外了。吃迷叶是多么舒服，多么省事的；可是有一样，吃了之后虽然精神焕发，可是手脚不爱动，于是种地的不种了，做工的不做了，大家闲散起来。政府下了令：禁止再吃迷叶。下令的第一天午时，皇后瘾得打了皇帝三个嘴巴子——大蝎搬开一块历史——皇帝也瘾得直落泪。当天下午又下了令：定迷叶为"国食"。在猫史上没有比这件事再光荣再仁慈的，大蝎说。

自从迷叶定为国食以后的四百多年，猫国文明的进展比以前加速了好几倍。吃了迷叶不喜肉体的劳动，自然可以多做些精神事业。诗艺，举个例说，比以前进步多了；两万年来的诗人没有一个用过"宝贝肚子"的。

可是，这并不是说政治上与社会上便没有了纷争。在三百年前，迷树的种植是普遍的。可是人们越吃越懒，慢慢地连树也懒得种了。又恰巧遇上一年大水——大蝎的灰脸似乎有点发白，原来猫人最怕水——把树林冲去了很多。没有别的东西吃，猫人是可以忍着的；没有迷叶，可不能再懒了。到处起了抢劫。抢案太多了，于是政府又下了最合人道的命令：抢迷叶吃者无罪。这三百年来是抢劫的时代；并不是坏事，抢劫是最足以表现个人自由的，而自由又是猫人自有史以来的最高理想。

（按：猫语中的"自由"，并不与中国话中的相同。猫人所谓自由者是欺侮别人，不合作，捣乱……男男授受不亲即由此而来，一个自由人不许别人接触他的，彼此见面不握手或互吻，而是把头向后扭一扭表示敬意。）

"那么，你为什么还种树呢？"我用猫语问——按着真正猫语的形式，这句话应当是：脖子一扭（表示"那么"），用手一指（你），眼球转两转（为什么），种（动词）树？"还"字没法表示。

大蝎的嘴闭上了一会儿。猫人的嘴永远张着，鼻子不大管呼吸的工作；偶尔闭上表示得意或深思。他的回答是：现在种树的人只有几十个了，都是强有力的人——政客、军官、诗人兼地主。他们不能不种树，不种便丢失了一切势力。做政治需要迷叶，不然便见不到皇帝。做军官需要迷树，它是军饷。做诗必定要迷叶，它能使人白天做梦。总之，迷叶是万能的，有了它便可以横行一世。"横行"是上等猫人口中最高尚的一个词。

设法保护迷林是大蝎与其他地主的首要工作。他们虽有兵，但不能替他们做事。猫兵是讲自由的，只要有迷叶吃，不懂得服从命令。他们自己的兵常来抢他们，这在猫人心中——由大蝎的口气看得出——是最合逻辑的事。究竟谁来保护迷林呢？外国人。每个地主必须养着几个外国人做保护者。猫人的敬畏外国人是天性中的一个特点。他们的自由不能使五个兵在一块住三天而不出人命，和外人打仗是不可能的事。大蝎附带着说，很得意地，"自相残杀的本事，一天比一天大，杀人的方法差不多与做诗一样巧妙了。"

"杀人成了一种艺术。"我说。猫语中没有"艺术"，经我解释了半天，他还是不能明白，但是他记住了这两个中国字。

在古代他们也与外国打过仗，而且打胜过，可是在最近五百年中，自相残杀的结果叫他们完全把打外国人的观念忘掉，而一致的对内。因此也就非常地怕外国人；不经外国人主持，他们的皇帝连迷叶也吃不到嘴。

三年前来过一架飞机。哪里来的，猫人不晓得，可是记住了世界上有种没毛的大鸟。

我的飞机来到，猫人知道是来了外国人。他们只能想到我是火星上的人，想不到火星之外还有别的星球。

大蝎与一群地主全跑到飞机那里去，为的是得到个外国人来保护迷林。他们原有的外国保护者不知为什么全回了本国，所以必须另请新的。

他们说好了：请到我之后，大家轮流奉养着，因为外国人在最近是很不易请到的。"请"我是他们的本意，谁知道我并没有长着猫脸，他们向来没见过像我这样的外国人。他们害怕得了不得；可是既而一看我是那么老实，他们决定由"请"改成"捉"了。他们是猫国的"人物"，所以心眼很多，而且遇到必要的时候也会冒一些险。现在想起来，设若我一开首便用武力，准可以把他们吓跑；可是幸而没用武力，因为就是一时把他们吓跑，他们绝不会甘心罢休，况且我根本找不到食物。从另一方面说呢，这么被他们捉住，他们纵使还怕我，可是不会"敬"我了。果然，由公请我改成想独占了，大蝎与那一群地主全看出便宜来：捉住我，自然不必再与我讲什么条件，只要供给点吃食便行了，于是大家全变了心。背约毁誓是自由的一部分，大蝎觉得他的成功是非常可自傲的。

把我捆好，放在小船上，他们全绕着小道，上以天做顶的小屋那里去等我。他们怕水，不敢上船。设若半路中船翻了，自然只能归罪于我的不幸，与他们没关系。那个小屋离一片沙地不远，河流到沙地差不多就干了，船一定会停住不动。

把我安置在小屋中，他们便回家去吃迷叶。他们的身边不能带着这个宝贝；走路带着迷叶是最危险的事；因此他们也就不常走路；此次的冒险是特别的牺牲。

大蝎的树林离小屋最近；可是也还需要那么大半天才想起去看我。吃完迷叶是得睡一会儿的。他准知道别人也不会快来。他到了，别人也到了，这完全出乎他的意料之外。"幸而有那艺术。"他指着我的手枪，似乎有些感激它。后来他把不易形容的东西都叫作"艺术"。

我明白了一切，该问他了：那个脚镣是什么做的？

他摇头，只告诉我，那是外国来的东西。"有好多外国来的东西，"他说，"很好用，可是我们不屑模仿；我们是一切国中最古的国！"他把嘴闭上了一会儿："走路总得带着手铐脚镣，很有用！"这也许是实话，也许是俏皮我呢。

我问他天天晚上住在哪里，因为林中只有我那一间小洞，他一定另有个地方去睡觉。他似乎不愿意回答，跟我要一根"艺术"，就是将要拿去给皇帝看。我给了他一根火柴，也就没往下问他到底睡在哪里；在这种讲自由的社会中，人人必须保留着些秘密。

有家属没有呢？他点点头。"收了迷叶便回家，你与我一同去。"

他还有利用我的地方，我想，可是："家在哪里？"

"京城，大皇帝住在那里。有许多外国人，你可以看看你的朋友了。"

"我是由地球上来的，不认识火星上的人。"

"反正你是外国人，外国人与外国人都是朋友。"

不必再给他解释；只希望快收完迷叶，好到猫城去看看。

第七章

　　我与大蝎的关系，据我看，永远不会成为好朋友的。据"我"看是如此；他也许有一片真心，不过我不能欣赏他；他——或任何猫人——设若有真心，那是完全以自己为中心的，为自己的利益而利用人似乎是他所以交友的主因。三四个月内，我一天也没忘了去看看我那亡友的尸骨，但是大蝎用尽方法阻止我去。这一方面看出他的自私；另一方面显露出猫人心中并没有"朋友"这个观念。自私，因为替他看护迷叶好像是我到火星来的唯一责任；没有"朋友"这个观念，因为他口口声声总是："死了，已经死了，干什么还看他去？"他第一，不告诉我到那飞机坠落的地方的方向路径；第二，他老监视着我。其实我慢慢地寻找（我要是顺着河岸走，便不会找不到），总可以找到那个地方，但是每逢我走出迷林半里以外，他总是从天而降地截住我。截住了我，他并不强迫我回去；他能把以自己为中心的事说得使我替他伤心，好像听着寡妇述说自己的困难，一把鼻涕一把泪地使我不由得将自己的事搁在一旁。我想他一定背地里抿着嘴暗笑我是傻蛋，但是这个思想也不能使我心硬了。我几乎要佩服他了。

　　我不完全相信他所说的了；我要自己去看看一切。可是，他早防备着这个。迷林里并不只是他一个人。但是他总不许他们与我接近。我只在远处看见过他们：我一奔过他们去，登时便不见了，这一定是遵行大蝎的命令。

　　对于迷叶我决定不再吃。大蝎的劝告真是尽委婉恳挚的能事：不能不吃呀，不吃就会渴的，水不易得呀；况且还得洗澡呢，多么麻烦，我们是有经验的。不能不吃呀，别的吃食太贵呀；贵还在其次，不好吃呀。不能不吃呀，有毒气，不吃迷叶便会死的呀……我还是决定不再吃。他又一把鼻涕一把泪了；我知道这是他的最后手段，我不能心软；因吃迷叶而把我变成个与猫人一样的人是大蝎的计划，我不能完全受他的摆弄；我已经是太老实了。我要恢复人的生活，要吃要喝要洗澡，我不甘心变成个半死的人。设若不吃迷叶而能一样地活着，合理地活着，哪怕是十天半个月呢，我便只活十天半个月也好；半死地活着，就是能活一万八千年我也不甘心干。我这么告诉大蝎了，他自然不能明白，他一定以为我的脑子是块石头。不论他怎想吧，我算打定了主意。

交涉了三天，没结果。只好拿手枪了。但是我还没忘了公平，把手枪放在地上告诉大蝎，"你打死我，我打死你，全是一样的，设若你一定叫我吃迷叶！你决定吧！"大蝎跑出两丈多远去。他不能打死我，枪在他手中还不如一根草棍在外国人手里；他要的是"我"，不是手枪。

折中的办法：我每天早晨吃一片迷叶，"一片，只是那么一小块宝贝，为的是去毒气"。大蝎——请我把手枪带起去，又和我面对面地坐下——伸着一个短手指说。他供给我一顿晚饭。饮水是个困难问题。我建议：每天我去到河里洗个澡，同时带回一罐水来。他不认可。为什么天天跑那么远去洗澡，不聪明的事，况且还拿着罐子？为什么不舒舒服服地吃迷叶？"有福不会享。"我知道他一定要说这个，可是他并没说出口来。况且——这才是他的真意——他还得陪着我。我不用他陪着；他怕我偷跑了，这是他所最关切的。其实我真打算逃跑，他陪着我也不是没用吗？我就这么问他，他的嘴居然闭上了十来分钟，我以为我是把他吓死过去了。

"你不用陪着我，我决定不跑，我起誓！"我说。

他轻轻摇了摇头："小孩子才起誓玩呢！"

我急了，这是脸对脸地污辱我。我揪住了他头上的细毛，这是第一次我要用武力；他并没想到，不然他早会跑出老远的去了。他实在没想到，因为他说的是实话。他牺牲了些细毛，也许带着一小块头皮，逃了出去，向我说明：在猫人历史上，起誓是通行的，可是在最近五百年中，起完誓不算的太多，于是除了闹着玩的时候，大家也就不再起誓；信用虽然不能算是坏事，可是从实利上看是不方便的，这种改革是显然的进步，大蝎一边摸着头皮一边并非不高兴地讲。因为根本是不应当遵守的，所以小孩子玩耍时起誓最有趣味，这是事实。

"你有信用与否，不关我的事，我的誓到底还是誓！"我很强硬地说，"我绝不偷跑，我什么时候要离开你，我自然直接告诉你。"

"还是不许我陪着？"大蝎犹疑不定地问。

"随便！"问题解决了。

晚饭并不难吃，猫人本来很会烹调的，只是绿蝇太多，我去掐了些草叶编成几个盖儿，嘱咐送饭的猫人来把饭食盖上，猫人似乎很不以为然，而且觉得有点可笑。有大蝎的命令他不敢和我说话，只微微地对我摇头。我知道不清洁是猫人历史上的光荣；没法子使他明白。惭愧，还得用势力，每逢一看见饭食上没盖盖，我便告诉大蝎去交派。一个大错误：有一天居然没给送饭来；第二天送来的时候，东西全没有盖，而是盖着一层绿蝇。原来因为告诉大蝎去嘱咐送饭的仆人，使大蝎与仆人全看不起我了。伸手就打，是上等猫人的尊荣；也是下等猫人认为正当的态度。我怎样办？我不愿意打人。"人"在我心中是个最高贵的观念。但是设若不打，不但是没有人送饭，而且将要失去我在火星上的安全。没法子，只好牺牲了猫人一块（很小的一块，凭良心说）头皮。行了，草盖不再闲着了。这几乎使我落下泪来，什么样的历史进程能使人忘了人的尊贵呢？

早晨到河上去洗澡是到火星来的第一件美事。我总是在太阳出来以前便由迷林走到沙滩，相隔不过有一里多地。恰好足以出点汗，使四肢都活软过来。在沙上，水只刚漫过脚面，我一边踩水，一边等着日出。日出以前的景色是极静美的：灰空中还没有雾气，一些大星还能看得见，四处没有一点声音，除了沙上的流水有些微响。太阳出来，我才往河中去；走过沙滩，水越来越深，走出半里多地便没了胸，我就在那里痛快地游泳一回。以觉得腹中饿了为限，游泳的时间大概总在半点钟左右。饿了，便走到沙滩上去晒干了身体。破裤子、手枪、火柴盒，全在一块大石上放着。我赤身在这大灰宇宙中，似乎完全无忧无虑，世界上最自然最自由的人。太阳渐渐热起来。河上起了雾，觉得有点闭闷；不错，大蝎没说谎，此地确有些毒瘴；这是该回去吃那片迷叶的时候了。

这点享受也不能长久的保持，又是大蝎的坏。大概在开始洗澡的第七天上吧，我刚一到沙滩上便看见远处有些黑影往来。我并未十分注意，依旧等着欣赏那日出的美景。东方渐渐发了灰红色。一会儿，一些散开的厚云全变成深紫的大花。忽然亮起来，星们不见了。云块全连成横片，紫色变成深橙，抹着一层薄薄的浅灰与水绿，带着亮的银灰边儿。横云裂开，橙色上加了些大黑斑，金的光脚极强地射起，金线在黑斑后面还透得过来。然后，一团血红从裂云中跳出，不很圆，似乎晃了几晃，固定了；不知什么时候裂云块变成了小碎片。连成一些金黄的鳞；河上亮了，起了金光。霞越变越薄越碎，渐渐地消灭，只剩下几缕浅桃红的薄纱；太阳升高了，全天空中变成银灰色，有的地方微微透出点蓝色来。

只顾呆呆地看着，偶一转脸，嗬！离河岸有十来丈远吧，猫人站成了一大队！我莫名其妙。也许有什么事，我想，不去管，我去洗我的。我往河水深处走，那一大队也往那边挪动。及至我跳在河里，我听见一片极惨的呼声。我沉浮了几次，在河岸浅处站起来看看，又是一声喊，那队猫人全往后退了几步。我明白了，这是参观洗澡呢。

看洗澡，设若没看见过，也不算什么，我想。猫人绝不是为看我的身体而来，赤体在他们看不是稀奇的事；他们也不穿衣服。一定是为看我怎样游泳。我是继续地洇水为他们开开眼界呢？还是停止呢？这倒不好决定。在这个当儿，我看见了大蝎，他离河岸最近，差不多离着那群人有一两丈远。这是表示他不怕我，我心中说。他又往前跳了几步，向我挥手，意思是叫我往河里跳。从我这三四个月的经验中，我可以想到，设若我要服从他的手势而往河里跳，他的脸面一定会增许多的光。但是我不能受这个，我生平最恨假外人的势力而欺侮自家人的。我向沙滩走去。大蝎又往前走了，离河岸差不多有四五丈，我从石上拿起手枪，向他比了一比。

第八章

我把大蝎拿住；看他这个笑，向来没看见过他笑得这么厉害。我越生气，他越笑，似乎猫人的笑是专为避免挨打预备着的。我问他叫人参观我洗澡是什么意思，他不说，只是一劲地媚笑。我知道他心中有鬼，但是不愿看他的贱样子，只告诉他：以后再有这种举动，留神你的头皮！

第二天我依旧到河上去。还没到沙滩，我已看见黑乎乎的一群，比昨天的还多。我决定不动声色地洗我的澡，以便看看到底是怎么回事，回去再和大蝎算账。太阳出来了，我站在水浅处，一边假装打水，一边看着他们。大蝎在那儿呢，带着个猫人，双手大概捧着一大堆迷叶，堆得顶住下巴。大蝎在前，拿迷叶的猫人在后，大蝎一伸手，那猫人一伸手，顺着那队猫人走；猫人手中的迷叶渐渐地减少了。我明白了，大蝎借着机会卖些迷叶，而且必定卖得很贵。

我本是个有点幽默的人，但是一时的怒气往往使人的行为失于褊急。猫人怎样怕我——只因为我是个外国人——我是知道的；这一定全是大蝎的坏主意，我也知道。为惩罚大蝎一个人而使那群无辜的猫人连带地受点损失，不是我的本意。可是，在那时，怒气使我忘了一切体谅。我必须使大蝎知道我的厉害，不然，我永远不用再想安静地享受这早晨的运动。自然，设若猫人们也在早晨来游泳，我便无话可讲，这条河不是我独有的；不过，一个人泅水，几百人等着看，而且有借此做买卖的，我不能忍受。

我不想先捉住大蝎，他不告诉我实话；我必须捉住一个参观人，去问个分明。我先慢慢地往河岸那边退，背朝着他们，以免他们起疑。到了河岸，我想，我跑个百码，出其不备地捉住个猫人。

到了河岸，刚一转过脸来，听见一声极惨的呼喊，比杀猪的声儿还难听。我的百码开始，眼前就如同忽然地震一般，那群猫人要各自逃命，又要往一处挤，跑的，倒的，忘了跑的，倒下又往起爬的，同时并举；一展眼，全没了，好像被风吹散的一些落叶，这里一小团，那里一小团，东边一个，西边两个，一边跑，一边喊，好像都失了魂。及至我的百码跑完，地上只躺着几个了，我捉了一个，一看，眼已闭上，没气了！我的后悔比闯了祸的恐怖大得多。我不应当这么利用自己的优越而杀了人。但是我并没呆住，好似不自觉地又捉住另一个，腿坏了，可是没死。在事后想起来，我真不佩服我自己，分明看见人家腿坏了，而还去捉住他审问；分明看见有一个已吓死，而还去捉个半死的，设若"不自觉"是可原谅的，人性本善便无可成立了。

使半死的猫人说话，向个外国人说话，是天下最难的事；我知道，一定叫他出声是等于杀人的，他必会不久也被吓死。可怜的猫人！我放了他。再看，那几个倒着的，身上当然都受了伤，都在地上爬呢，爬得很快。我没去追他们。有两个是完全不动了。

危险我是不怕的：不过，这确是惹了祸。知道猫人的法律是什么样的怪东西？吓死人和杀死人纵然在法律上有分别，从良心上看还不是一样？我想不出主意来。找大蝎去，解铃还须系铃人，他必定有办法。但是，大蝎绝不会说实话，设若我去求他；等他来找我吧。假如我乘此机会去找那架飞机，看看我的亡友的尸骨，大蝎的迷林或者会有危险，他必定会找我去；那时我再审问他，他不说实话，我就不回来！要挟？对这不讲信用、不以扯谎为可耻的人，还有什么别的好办法呢？

把手枪带好，我便垂头丧气地沿着河岸走。太阳很热了，我知道我缺乏东西，妈的迷叶！没它我不能抵抗太阳光与这河上的毒雾。

猫国里不会出圣人，我只好诅骂猫人来解除我自己的不光荣吧。我居然想去由那两个死猫人手里搜取迷叶了！回到迷林，谁能拦住我去折下一大枝子呢？懒得跑那几步路！果然，他们手中还拿着迷叶，有一片是已咬去一半的。我全捋了过来。吃了一片，沿着河岸走下去。

走了许久，我看见了那深灰色的小山。我知道这离飞机坠落的地方不远了，可是我不知道那里离河岸有几里和在河的哪一边上。真热，我又吃了两片迷叶还觉不出凉快来。没有树，找不到个有阴凉的地方休息一会儿。但是我决定前进，非找到那飞机不可。

正在这个当儿，后面喊了一声，我听得出来，大蝎的声儿。我不理他，还往前走。跑路的本事他比我强，被他追上了。我想抓住他的头皮把他的实话摇晃出来，但是我一看他那个样子，不好意思动手了。他的猪嘴肿着，头上破了一块，身上许多抓伤，遍体像是水洗过的，细毛全黏在皮肤上，不十分不像个成精的水老鼠。我吓死了人，他挨了打，我想猫人不敢欺侮外人，可是对他们自己是勇于争斗的。他们的谁是谁非与我无关，不过对吓死的、受伤的和挨打的大蝎，我一视同仁地起了同情心。大蝎张了几次嘴才说出一句话来：快回去，迷林被抢了！

我笑了，同情心被这一句话给驱逐得净尽。他要是因挨打而请我给他报仇，虽然也不是什么好事，可是从一个中国人的心理看，我一定立刻随他回去。迷林被抢了，谁愿当这资本家的走狗呢！抢了便抢了，与我有什么关系？

"快回去，迷林被抢了！"大蝎的眼珠差一点努出来。迷林似乎是一切，他的命分文不值。

"先告诉我早晨的事，我便随你回去。"我说。

大蝎几乎气死过去，脖子伸了几伸，咽下一大团气去："迷林被抢了！"他要有那个胆子，他一定会登时把我掐死！

我也打定了主意：他不说实话，我便不动。

结果还是各自得到一半的胜利：登时随他回去，在路上他诉说一切。

大蝎说了实话：那些参观的人是他由城里请来的，都是上等社会的人。上等社会的人当然不能起得那么早，可是看洗澡是太稀罕的事，况且大蝎允许供给他们最肥美的迷叶。每人给他十块"国魂"——猫国的一种钱名——作为参观费，迷叶每人两片——上等肥美多浆的迷叶——不另算钱。

好小子，我心里说，你拿我当作私产去陈列呀！但是大蝎还没等我发作，便很委婉地说明："你看，国魂是国魂，把别人家的国魂弄在自己的手里，高尚的行为！我虽然没有和你商议过。"他走得很快，但是并不妨碍他委曲婉转地陈说："可是我这点高尚的行为，你一定不会反对的。你照常洗澡，我借此得些国魂，他们得以开眼，面面有益的事，有益的事！"

"那吓死的人谁负责任？"

"你吓死的，没事！我要是打死人，"大蝎喘着说，"我只需损失一些迷叶，迷叶是一切，法律不过是几行刻在石头上的字；有迷叶，打死人也不算一回事。你打死人，没人管，猫国的法律管不着外国人，连'一'个迷叶也不用费；我自恨不是个外国人。你要是在乡下打死人，放在那儿不用管，给那白尾巴鹰一些点心；要是在城里打死人，只需到法庭报告一声，法官还要很客气地给你道谢。"大蝎似乎非常地羡慕我，眼中好像含着点泪。我的眼中也要落泪，可怜的猫人，生命何足？公理何在？

"那两个死去的也是有势力的人。他们的家属不和你捣乱吗？"

"当然捣乱，抢迷叶的便是他们；快走！他们久已派下人看着你的行动，只要你一离开迷林远了，他们便要抢；他们死了人，抢我的迷叶作为报复，快走！"

"人和迷叶的价值恰相等，啊？"

"死了便是死了，活着的总得吃迷叶！快走！"

我忽然想起来，也许因为我受了猫人的传染，也许因为他这两句话打动了我的心，我一定得和他要些国魂。假如有朝一日我离开大蝎——我们俩不是好朋友——我拿什么吃饭呢？他请人参观我洗澡的钱，我有分润一些的权利。设若不是在这种环境之下，自然我不会想到这个，但是环境既是如此，我不能不作个准备——死了便是死了，活着的总得吃迷叶！有理！

离迷林不远了，我站住了。"大蝎，你这两天的工夫一共收了多少钱？"

大蝎愣了，一转圆眼珠："五十块国魂，还有两块假的；快走！"

我向后转，开步走。他追上来："一百，一百！"我还是往前走。他一直添到一千。我知道这两天参观的人一共不下几百，绝不能只收入一千，但是谁有那么大的工夫做这种把戏。"好吧，大蝎，分给我五百。不然，咱们再见！"

　　大蝎准知道：多和我争执一分钟，他便多丢一些迷叶；他随着一对眼泪答应了个"好"！

　　"以后再有不告诉我而拿我生财的事，我放火烧你的迷林。"我拿出火柴盒拍了拍！

　　他也答应了。

　　到了迷林，一个人也没有，大概我来之前，他们早有侦探报告，全跑了。迷林外边上的那二三十棵树，已差不多全光了。大蝎喊了声，倒在树下。

第九章

迷林很好看了：叶已长得比手掌还大一些，厚，深绿，叶缘上镶着一圈金红的边；那最肥美的叶起了些花斑，像一林各色的大花。日光由银灰的空中透过，使这些花叶的颜色更深厚静美一些，没有照眼的光泽，而是使人越看越爱看，越看心中越觉得舒适，好像是看一张旧的图画，颜色还很鲜明，可是纸上那层浮光已被年代给减除了去。

迷林的外边一天到晚站着许多许多参观的人。不，不是参观的，因为他们全闭着眼；鼻子支出多远，闻着那点浓美的叶味；嘴张着，流涎最短的也有二尺来长。稍微有点风的时候，大家全不转身，只用脖子追那股小风，以便吸取风中所含着的香味，好像些雨后的蜗牛轻慢地做着项部运动。偶尔落下一片熟透的大叶，大家虽然闭着眼，可是似乎能用鼻子闻到响声——一片叶子落地的那点响声——立刻全睁开眼，嘴唇一齐吧唧起来；但是大蝎在他们决定过来拾起那片宝贝之前，总是一团毛似的赶到将它捡起来；四围一声怨鬼似的叹息！

大蝎调了五百名兵来保护迷林，可是兵们全驻扎在二里以外，因为他们要是离近了迷林，他们便先下手抢劫。但是不能不调来他们，猫国的风俗以收获迷叶为最重大的事，必须调兵保护；兵们不替任何人保护任何东西是人人知道的，可是不调他们来作不负保护责任的保护是公然污辱将士。大蝎是个漂亮人物，自然不愿被人指摘，所以调兵是当然的事，可是安置在二里以外以免兵馋自乱。风稍微大一点，而且是往兵营那面刮，大蝎立刻便令后退半里或一里，以免兵们随风而至，抢劫一空。兵们为何服从他的命令，还是因为有我在那里；没有我，兵早就哗变了。"外国人咳嗽一声，吓倒猫国五百兵"是个谚语。

五百名兵之外，真正保护迷林的是大蝎的二十名家将。这二十位都是深明大义、忠诚可靠的人；但是有时候一高兴，也许把大蝎捆起来，而把迷林抢了。到底还是因为我在那里，他们因此不敢高兴，所以能保持着忠诚可靠。

大蝎真要忙死了：看着家将，不许偷食一片迷叶；看着风向，好下令退兵；看着林外参观的，以免丢失一个半个的落叶。他现在已经一气吃到三十片迷叶了。据说，一气吃过四十片迷叶，便可以三天不睡，可是第四天便要呜呼哀哉。迷叶这种东西是吃少了有精神而不愿干事；吃多了能干事而不久便死。大蝎无法，多吃迷叶，明知必死，但是不能因为怕死而少吃；虽然他极怕死，可怜的大蝎！

我的晚饭减少了。晚上少吃，夜间可以警醒，大蝎以对猫人的方法来对待我了。迷林只仗着我一人保护，所以我得夜间警醒着，所以我得少吃晚饭，功高者受下赏，这又是猫人的逻辑。我把一份饭和家伙全摔了，第二天我的饭食又照常丰满了。我现在算知道怎样对待猫人了，虽然我心中觉得很不安。

刮了一天的小风，这是我经验中的第一次。我初到此地的时候，一点风没有；迷叶变红的时候，不过偶然有一阵小风；继续地刮一天，这是头一回。迷叶带着各种颜色轻轻地摆动，十分好看。大蝎和家将们，在迷林的中心一夜间赶造成一个大木架，至少有四五丈高。这原来是为我预备的。这小风是猫国有名的迷风，迷风一到，天气便要变了。猫国的节气只有两个，上半年是静季，没风；下半年是动季，有风也有雨。

早晨我在梦中听见一片响声，正在我的小屋外边。爬出来一看，大蝎在前，二十名家将在后，排成一队。大蝎的耳上插着一根鹰尾翎，手中拿着一根长木棍。二十名家将手中都拿着一些东西，似乎是乐器。见我出来，他将木棍往地上一戳，二十名家将一齐把乐器举起。木棍在空中一摇，乐器响了。有的吹，有的打，二十件乐器放出不同的声音，吹的是谁也没有和谁调和的趋向，尖的与粗的一样难听，而且一样地拉长，直到家将的眼珠几乎努出来，才换一口气；换气后再吹，身子前后俯仰了几次，可是不肯换气，直到快憋死为止，有两名居然憋得倒在地上，可是还吹。猫国的音乐是讲究声音长而大的。打的都是像梆子的木器，一劲地打，没有拍节，没有停顿。吹的声音越尖，打的声音越紧，好像是随着吹打而丧了命是最痛快而光荣的事。吹打了三通，大蝎的木棍一扬，音乐停止。二十名家将全蹲在地上喘气。

大蝎将耳上的翎毛拔下，很恭敬地向我走来说："时间已到，请你上台，替神明监视着收迷叶。"我似乎被那阵音乐给催眠过去，或者更正确地说是被震晕了，心中本要笑，可是不由得随着大蝎走去。他把翎毛插在我的耳上，在前领路，我随着他，二十名音乐家又在我的后面。到了迷林中心的高架子，大蝎爬上去，向天祷告了一会儿，下面的音乐又作起来。他爬下来，请我上去。我仿佛忘了我是成人，像个贪玩的小孩被一件玩物给迷住，小猴似的爬了上去。大蝎看我上到了最高处，将木棍一挥，二十名音乐家全四下散开，在林边隔着相当的距离站好，面向着树。大蝎跑了。好大半天，他带来不少的兵。他们每个人拿着一根大棍，耳上插着一个鸟毛。走到林外，大队站住，大蝎往高架上一指，兵们把棍举起，大概是向我致敬。事后我才明白，我原来是在高架上做大神的代表，来替大蝎——他一定是大神所宠爱的贵人了——保护迷叶，兵们摘叶的时候，若私藏或偷吃一片，大蝎告诉他们，我便会用张手雷劈了他们。张手雷便是那把"艺术"。那二十名音乐家原来便是监视员，有人作弊，便吹打乐器，大蝎听到音乐便好请我放张手雷。

敬完了神，大蝎下令叫兵们两人一组散开，一人上树去摘，一人在下面等着把摘下来的整理好。离我最近的那些株树没有人摘，因为大蝎告诉他们：这些株离大神的代表太近，代表的鼻子一出气，他们便要瘫软在地上，一辈子不能再起来，所以这必须留着大蝎自己来摘。猫兵似乎也都被大蝎催眠过去，全分头去工作。大蝎大概又一气吃了三十片带花斑的上等迷叶，穿梭似的来回巡视，木棍老预备着往兵们的头上搋。听说每次收迷叶，地主必须搋死一两个猫兵；把死猫兵埋在树下，来年便可丰收。有时候，地主没预备好外国人做大神的代表，兵们便把地主埋在树下，抢了树叶，把树刨了都做成军器——就是木棍；用这种军器的是猫人视为最厉害的军队。

我大鹦鹉似的在架上蜷着身，未免要发笑，我算干什么的呢？但是我不愿破坏了猫国的风俗，我来是为看他们的一切，不能不逢场作戏，必须加入他们的团体，不管他们的行为是怎样的可笑。好在有些小风，不至十分热，况且我还叫大蝎给我送来个我自己编的盖饭食的草盖暂当草帽，我总不致被阳光给晒晕过去。

猫兵与普通的猫人一点分别也没有，设若他们没那根木棍与耳上的鸟翎。这木棍与鸟翎自然会使他们比普通人的地位优越，可是在受了大蝎的催眠时，他们大概还比普通人要多受一点苦。像眠后的蚕吃桑叶，不大的工夫，我在上面已能看见原来被密叶遮住的树干。再过了一刻，猫兵已全在树尖上了。比较离我近一些的，全一手摘叶，一手遮着眼，大概是怕看见我而有害于他们的。

原来猫人并不是不能干事，我心中想，假如有个好的领袖，禁止了吃迷叶，这群人也可以很有用的。假如我把大蝎赶跑，替他做地主、做将领……但这只是空想，我不敢决定什么，我到底还不深知猫人。我正在这么想，我看见（因为树叶稀薄了我很能看清下面）大蝎的木棍照着一个猫兵的头去了。我知道就是我跳下去不致受伤，也来不及止住他的棍子了；但是我必须跳下去，在我眼中大蝎是比那群兵还可恶的，就是来不及救那个兵，我也得给大蝎个厉害。我爬到离地两丈多高的地方，跳了下去。跑过去，那个兵已躺在地上，大蝎正下令，把他埋在地下。一个不深明白他四围人们的心理的，是往往由善意而有害于人的。我这一跳，在猫兵们以为我是下来放张手雷，我跳在地上，只听霹咚噗咚四下里许多兵全掉下树来，大概跌伤的不在少数，因为四面全悲苦地叫着。我顾不得看他们，便一手捉住大蝎。他呢，也以为我是看他责罚猫兵而来帮助他，因为我这一早晨处处顺从着他，他自然地想到我完全是他的爪牙了。我捉住了他，他莫名其妙了，大概他一点也不觉得打死猫兵是不对的事。

我问大蝎："为什么打死人？"

"因为那个兵偷吃了一个叶梗。"

"为吃一个叶梗就可以……"我没往下说；我又忘了我是在猫人中，和猫人辩理有什么用呢！我指着四围的兵说："捆起他来。"大家你看着我，我看着你，似乎不明白我的意思。"把大蝎捆起来！"我更清晰地说。还是没人上前。我心中冷了。设若我真领着这么一群兵，我大概永远不会使他们明白我。他们不敢上前，并不是出于爱护大蝎，而是完全不了解我的心意——为那死兵报仇，在他们的心中是万难想到的。这使我为难了：我若放了大蝎，我必定会被他轻视；我若杀了他，以后我用他的地方正多着呢；无论他怎样不好，对于我在火星上——至少是猫国这一部分——所要看的，他一定比这群兵更有用一些。我假装镇静——问大蝎："你是愿意叫我捆在树上，眼看着兵们把迷叶都抢走呢？还是愿意认罚？"

兵们听到我说叫他们抢，立刻全精神起来，立刻就有动手的，我一手抓着大蝎，一脚踢翻了两个。大家又不动了。大蝎的眼已闭成一道线，我知道他心中怎样地恨我：他请来的大神的代表，反倒当着兵们把他惩治了，极难堪的事，自然他绝不会想到因一节叶梗而杀人是他的过错。但是他决定不和我较量，他承认了受罚。我问他，兵们替他收迷叶，有什么报酬。他说，一人给两片小迷叶。这时候，四围兵们的耳朵都在脑勺上立起来了，大概是猜想，我将叫大蝎多给他们一些迷叶。我叫他在迷叶收完之后，给他们一顿饭吃，像我每天吃的晚饭。兵们的耳朵都落下去了，却由嗓子里出了一点声音，好像是吃东西噎住了似的，不满意我的办法。对于死去那个兵，我叫大蝎赔偿他的家小一百个国魂。大蝎也答应了。但是我问了半天，谁知道他的家属在哪里？没有一个人出声。对于别人有益的事，哪怕是说一句话呢，猫人没有帮忙的习惯。这是我在猫国又住了几个月才晓得的。大蝎的一百个国魂因此省下了。

第十章

迷叶收完，天天刮着小风，温度比以前降低了十几度。灰空中时时浮着些黑云，可是并没落雨。动季的开始，是地主们带着迷叶到城市去的时候了。大蝎心中虽十二分地不满意我，可是不能不假装着亲善，为的是使我好同他一齐到城市去；没有我，他不会平安地走到那里：因为保护迷叶，也许丢了他的性命。

迷叶全晒干，打成了大包。兵丁们两人一组搬运一包，二人轮流着把包儿顶在头上。大蝎在前，由四个兵丁把他抬起，他的脊背平平地放在四个猫头之上，另有两个高身量的兵托着他的脚，还有一名在后面撑住他的脖子，这种旅行的方法在猫国是最体面的，假如不是最舒服的。二十名家将全拿着乐器，在兵丁们的左右，兵丁如有不守规则的，比如说用手指挖破叶包，为闻闻迷味，便随时奏乐报告大蝎。什么东西要在猫国里存在必须得有用处，音乐也是如此，音乐家是兼做侦探的。

我的地位是在大队的中间，以便前后照应。大蝎也给我预备了七个人；我情愿在地上跑，不贪图这份优待。大蝎一定不肯，引经据典地给我说着：皇帝有抬人二十一，诸王十五，贵人七……这是古代的遗风，身份的表示，不能，也不许破坏的。我还是不干。"贵人地上走，"大蝎引用谚语了，"祖先出了丑。"我告诉他我的祖先绝不因此而出了丑。他几乎要哭了，又引了两句诗："仰面吃迷叶，平身做贵人。"

"滚你们贵人的蛋！"我想不起相当的诗句，只这么不客气地回答。大蝎叹了一口气，心中一定把我快骂化了，可是口中没敢骂出来。

排队就费了两点多钟的工夫，大蝎躺平又下来，前后七次，猫兵们始终排不齐；猫兵现在准知道我不完全帮忙大蝎，大蝎自然不敢再用木棍打裂他们的猫头，所以任凭大蝎怎么咒骂他们，他们反正是不往直里排列。大蝎投降了，下令前进，不管队伍怎样的乱了。

刚要起程，空中飞来几只白尾鹰，大蝎又跳下来，下令：出门遇鹰大不祥，明日再走！我把手枪拿出来了，"不走的便永远不要走了！"大蝎的脸都气绿了，干张了几张嘴，一句话没说出来。他知道与我辩驳是无益的，同时他知道犯着忌讳出行是多么危险的事。他费了十几分钟才又爬到猫头上去，浑身颤抖着。大队算是往前挪动了。不知道是被我气得躺不稳了，还是抬的人故意和他开玩笑，走了不大的工夫，大蝎滚下来好几次。但是滚下来，立刻又爬上去，大蝎对于祖先的遗风是极负保存之责的。

沿路上凡是有能写字的地方，树皮上，石头上，破墙上，全写上了大白字：欢迎大蝎，大蝎是尽力国食的伟人，大蝎的兵士执着正义之棍，有大蝎才能有今年的丰收……这原来都是大蝎预先派人写好给他自己看的。经过了几个小村庄，村人们全背倚破墙坐着，军队在他们眼前走过，他们全闭着眼连看也不看。设若他们是怕兵呢，为何不躲开？不怕呢，为何又不敢睁眼看？我弄不清楚。及至细一看，我才明白过来，这些原来是村庄欢迎大蝎的代表，因为他们头上的细灰毛里隐隐约约地也写着白字，每人头上一个字，几个人合起来成一句"欢迎大蝎"等等字样。因为这也是大蝎事先派人给他们写好的，所以白色已经残退不甚清楚了。虽然他们全闭着眼，可是大蝎还真事似的向他们点头，表示致谢的意思。这些村庄是都归大蝎保护的。村庄里的破烂污浊，与村人们的瘦、脏、没有精神，可以证明他们的保护人保护了他们没有。我更恨大蝎了。

要是我独自走，大概有半天的工夫总可以走到猫城了。和猫兵们走路最足以练习忍耐性的。猫人本来可以走得很快，但是猫人当了兵便不会快走了，因为上阵时快走是自找速死，所以猫兵们全是以稳慢见长，慢慢地上阵，遇见敌人的时候再快快地——后退。

下午一点多了，天上虽有些黑云，太阳的热力还是很强，猫兵们的嘴都张得很宽，身上的细毛都被汗黏住，我没有见过这样不体面的一群兵。远处有一片迷林，大蝎下令绕道穿着林走。我以为这是他体谅兵丁们，到林中可以休息一会儿。及至快到了树林，他滚下来和我商议，我愿意帮助他抢这片迷林不愿意。"抢得一些迷叶还不十分重要，给兵们一些作战的练习是很有益的事。"大蝎说。没回答他，我先看了看兵们，一个个的嘴全闭上了，似乎一点疲乏的样子也没有了；随走随抢是猫兵们的正当事业，我想。我也看出来：大蝎与他的兵必定都极恨我，假如我拦阻他们抢劫。虽然我那把手枪可以抵得住他们，但是他们要安心害我，我是防不胜防的。况且猫人互相劫夺是他们视为合理的事，就是我不因个人的危险而舍弃正义，谁又来欣赏我的行为呢？我知道我是已经受了猫人的传染，我的勇气往往为谋自己的安全而减少了。我告诉大蝎随意办吧，这已经是退步的表示了，哪知我一退步，他就立刻紧了一板，他问我是否愿意领首去抢呢？对于这一点我没有迟疑地拒绝了。你们抢你们的，我不反对，也不加入，我这样跟他说。

兵们似乎由一往树林这边走便已嗅出抢夺的味儿来，不等大蝎下令，已经把叶包全放下，拿好大棍，有几个已经跑出去了。我也没看见大蝎这样勇敢过，他虽然不亲去抢，可是他的神色是非常的严厉，毫无恐惧，眼睛瞪圆，头上的细毛全竖立起来。他的大棍一挥，兵们一声喊，全扑过迷林去。到了迷林，大家绕着林飞跑，好像都犯了疯病。我想，这大概是往外诱林中的看护人。跑了三圈，林中不见动静，大蝎笑了，兵们又是一声喊，全闯入林里去。

林中也是一声喊，大蝎的眼不那么圆了，眨巴了几下。他的兵退出来，大棍全撒了手，双手捂着脑勺，狼嚎鬼叫地往回跑："有外国人！有外国人！"大家一齐喊。

大蝎似乎不信，可是不那么勇敢了，自言自语地说："有外国人？我知道这里一定没有外国人！"他正这么说着，林中有人追出来了。大蝎慌了："真有外国人！"林中出来不少的猫兵。为首的是两个高个子，遍体白毛的人，手中拿着一条发亮的棍子。这两个一定是外国人了，我心中想，外国人是会用化学制造与铁相似的东西的。我心中也有点不安，假如大蝎请求我去抵挡那两个白人，我又当怎办？我知道他们手中发亮的东西是什么？抢人家的迷林虽不是我的主意，可是我到底是大蝎的保护人；看着他们打败而不救他，至少也有失我的身份，我将来在猫国的一切还要依赖着他。

"快去挡住！"大蝎向我说，"快去挡住！"

我知道这是义不容辞的，我顾不得思虑，拿好手枪走过去。出我意料之外，那两个白猫见我出来，不再往前进了。大蝎也赶过来，我知道这不能有危险了。"讲和！讲和！"大蝎在我身后低声地说。我有些发糊涂：为什么不叫我和他们打呢？讲和？怎样讲呢？事情到头往往不像理想的那么难。我正发糊涂，那两个白人说了话："罚你六包迷叶。归我们三个人用！"我看了看，只有两个白人。怎么说三个呢？大蝎在后面低声地催我："和他们讲讲！"我讲什么呢？傻子似的我也说了声："罚你六包迷叶。归我们三个人用！"两个白人听我说了这句，笑着点了点头，似乎非常地满意。我更莫名其妙了。大蝎叹了口气，吩咐搬过六包迷叶来。六包搬到，两个白人很客气地请我先挑两包。我这才明白。原来三个人是连我算在内的。我自然很客气地请他们先挑。他们随便地拿了四包交给他们的猫兵，而后向我说："我们的迷叶也就收完。我们城里再见。"我也傻子似的说了声："城里再见。"他们走回林里去了。

我心中怎么想怎么糊涂。这是什么把戏呢？

直到我到了猫城以后，与外国人打听，才明白了其中的曲折。猫国人是打不过外人的。他们唯一的希望是外国人自己打起来。立志自强需要极大的努力，猫人太精明，不肯这样傻卖力气。所以只求大神叫外国人互相残杀，猫人好得个机会转弱为强，或者应说，得个机会看别国与他们自己一样的弱了。外国人明白这个，他们在猫国里的利害冲突是时时有的。但是他们绝不肯互相攻击让猫国得着便宜。他们看得清清楚楚，他们自己起了纷争是硬对硬的。就是打胜了的也要受很大的损失；反之，他们若是联合起来一同欺侮猫国，便可以毫无损失地得到很大好处。不但国际的政策是如此，就是在猫国做事的个人也守着这个条件。保护迷林是外国人的好职业。但是大家约定：只负替地主抵抗猫国的人。遇到双方都有外国人保护的时候，双方便谁也不准侵犯谁；有不守这个条件的，便由双方的保护人商议惩罚地主或为首的人。这样，既能避免外国人与外国人因猫国人的事而起争执，又能使保护人的地位优越，不致受了猫国人的利用。

为保护人设想这是不错的办法。从猫国人看呢？我不由得代大蝎们抱不平了。可是继而一想：大蝎们甘心忍受这个，甘心不自强，甘心请求外人打自己家的人。又是谁的过错呢？有同等的豪横气的才能彼此重视，猫国人根本失了人味。难怪他们受别人这样的戏弄。我为这件事心中不痛快了好几天。

往回说：大蝎受了罚，又郑重其事地上了猫头，一点羞愧的神气没有，倒好似他自己战胜了似的。他只向我说，假如我不愿要那两包迷叶——他知道我不大喜欢吃它——他情愿出三十个国魂买回去。我准知道这包迷叶至少也值三百国魂，可是我没说卖，也没说不卖，我只是不屑于理他，我连哼一声也没哼。

太阳平西了，看见了猫城。

第十一章

　　一眼看见猫城，不知道为什么我心中形成了一句话：这个文明快要灭绝！我并不晓得猫国文明的一切；在迷林所得的那点经验只足以引起我的好奇心，使我要看个水落石出，我心目中的猫国文明绝不是个惨剧的穿插与布景；我是希望看清一个文明的底蕴，从而多得一些对人生的经验。文明与民族是可以灭绝的，我们地球上人类史中的记载也不都是玫瑰色的。读历史设若能使我们落泪，那么，眼前摆着一片要断气的文明，是何等伤心的事！

　　将快死去的人还有个回光返照，将快寿终的文明不必是全无喧嚣热闹的。一个文明的灭绝是比一个人的死亡更不自觉的；好似是创造之程已把那毁灭的手指按在文明的头上，好的——就是将死的国中总也有几个好人吧——坏的，全要同归于尽。那几个好的人也许觉出呼吸的紧促，也许已经预备好了绝命书，但是，这几个人的悲吟与那自促死亡的哀乐比起来，好似几个残蝉反抗着狂猛的秋风。

　　猫国是热闹的，在这热闹景象中我看见那毁灭的手指，似乎将要剥尽人们的皮肉，使这猫城成个白骨的堆积场。

　　啊！猫城真热闹！城的构造，在我的经验中，是世上最简单的。无所谓街衢，因为除了一列一眼看不到边的房屋，其余的全是街——或者应当说是空场。看见兵营便可以想象到猫城了：极大的一片空场，中间一排缺乏色彩的房子，房子的外面都是人，这便是猫城。人真多。说不清他们都干什么呢。没有一个直着走道的，没有一个不阻碍着别人的去路的。好在街是宽的，人人是由直着走，渐渐改成横着走，一拥一拥，设若拿那列房子做堤，人们便和海潮的激荡差不很多。我还不知道他们的房子有门牌没有。假如有的话，一个人设若要由五号走到十号去，他须横着走出——至少是三里吧，出了门便被人们挤横了，随着潮水下去；幸而遇见潮水改了方向，他便被大家挤回来。他要是走运的话，也许就到了十号。自然，他不能老走好运，有时候挤来挤去，不但离十号是遥遥无期，也许这一天他连家也回不去了。

城里为什么只有一列建筑是有道理的。我想：当初必定是有许多列房子，形成许多条较窄的街道。在较窄的街道中人们的拥挤必定是不但耽误工夫，而且是要出人命的：让路，在猫人看，是最可耻的事；靠一边走是与猫人爱自由的精神相悖的；这样，设若一条街的两面都是房，人们只好永远挤住，不把房子挤倒了一列是无法解决的。因此，房子往长里一直地盖，把街道改成无限的宽；虽然这样还免不了拥挤，可是到底不会再出人命；挤出十里，再挤回十里，不过是多走一些路，并没有大的危险的；猫人的见解有时候是极人道的；况且挤着走，不见得一定不舒服，被大家把脚挤起来，分明便是坐了不花钱的车。这个设想对不对，我不敢说。以后我必去看看有无老街道的遗痕，以便证明我的理论。

要只是拥挤，还算不了有什么特色。人潮不只是一左一右地动，还一高一低地起伏呢。路上有个小石子，忽地一下，一群人全蹲下了，人潮起了个旋涡。石子，看小石子，非看不可！蹲下的改成坐下，四外又增加了许多蹲下的。旋涡越来越大。后面的当然看不见那石子，往前挤，把前面坐着的挤起来了几个，越挤越高，一直挤到人们的头上。忽然大家忘了石子，都仰头看上面的人。旋涡又填满了。这个刚填满，旁边两位熟人恰巧由天意遇到一块，忽地一下，坐下了，谈心。四围的也都跟着坐下了，听着二位谈心。又起了个旋涡。旁听的人对二位朋友所谈的参加意见了，当然非打起来不可，旋涡猛不丁地扩大。打来打去，打到另一旋涡——二位老者正在街上摆棋。两个旋涡合成一个，大家不打了，看着二位老者下棋，在对摆棋发生意见以前，这个旋涡是暂时没有什么变动的。

　　要只是人潮起伏，也还算不得稀奇。人潮中间能忽然裂成一道大缝，好像古代以色列人渡过红海。要不是有这么一招儿，我真想不出，大蝎的迷叶队怎能整队而行；大蝎的房子是在猫城的中间。离猫城不远，我便看见了那片人海，我以为大蝎的队伍一定是绕着人海的边上走。可是，大蝎在七个猫人头上，一直地冲入人群去。奏乐了。我以为这是使行人让路的表示。可是，一听见音乐，人们全向队伍这边挤，挤得好像要装运走的豆饼那么紧。我心里说：大蝎若能穿过去，才怪！哼，大蝎当然比我心中有准。只听啪哒啪哒啪哒，兵丁们的棍子就像唱武戏打鼓的那么起劲，全打在猫人的头上。人潮裂了一道缝。奇怪的是人们并不减少参观的热诚，虽是闪开了路，可依旧笑嘻嘻的，看着笑嘻嘻的！棍子也并不因此停止，还是啪哒啪哒地打着。我留神看了看，城里的猫人和乡下的有点不同，他们的头上都有没毛而铁皮了的一块，像鼓皮的中心，大概是为看热闹而被兵们当作鼓打是件有历史的事。经验不是随便一看便能得到的。我以为兵们的随走随打只是为开路，其实还另有作用：两旁的观众原来并没老实着，站在后面的谁也不甘居后列，推、踢、挤，甚至于咬，非达到"空前"的目的不可。同时，前面的是反踹、肘顶、后倒，做着"绝后"的运动。兵丁们不只打最前面的，也伸长大棍"啪哒"后面的猫头。头上真疼，彼此推挤的苦痛便减少一些，因而冲突也就少一些。这可以叫作以痛治痛的方法。

　　我只顾了看人们，老实地说，他们给我一种极悲惨的引诱力，我似乎不能不看他们。我说，我只顾了看人，甚至于没看那列房子是什么样子。我似乎心中已经觉到那些房子绝不能美丽，因为一股臭味始终没离开我的鼻子。设若污浊与美丽是可以调和的，也许我的判断是错误的，但是我不能想象到阿房宫是被黑泥臭水包着的。路上的人也渐渐地不许我抬头了：只要我走近他们，他们立刻是一声喊叫，猛地退出老远，然后紧跟着又拥上了。城里的猫人对于外国人的畏惧心，据我看，不像乡下人那么厉害，他们的惊异都由那一喊倾泻出来，然后他们要上来仔细端详了。设若我在路上站定，准保我永远不会再动，他们一定会把我围得水泄不通。一万个手指老指着我，猫人是爽直的，看着什么新鲜便当面指出。但是我到底不能把地球上人类的好体面心除掉，我真觉得难受！一万个手指，都小手枪似的，在鼻子前面伸着，每个小手枪后面睁着两个大圆眼珠，向着我发光。小手枪们向上倾，都指着我的脸呢；小手枪们向下斜，都指着我的下部呢。我觉得非常的不安了，我恨不得一步飞起，找个清静地方坐一会儿。我的勇气没有了，简直不敢抬头了。我虽不是个诗人，可是多少有点诗人的敏锐之感，这些手指与眼睛好似快把我指化看化了，我觉得我已经不是个有人格的东西。可是事情总得两面说着，我不敢抬头也自有好处，路上的坑坎不平和一摊摊的臭泥，设若我是扬着头走，至少可以把我的下半截弄成瘸猪似的。猫人大概没修过一回路，虽然他们有那么久远的历史。我似乎有些顶看不起历史，特别是那古远的。

　　幸而到了大蝎的家，我这才看明白，猫城的房子和我在迷林住的那间小洞是大同小异的。

第十二章

大蝎的住宅正在城的中心。四面是高墙，没门，没窗户。

太阳已快落了，街上的人渐渐散去。我这才看清，左右的房子也全是四方的，没门，没窗户。

墙头上露出几个猫头来，大蝎喊了几声，猫头们都不见了。待了一会儿，头又上来了，放下几条粗绳来把迷叶一包一包地都用绳子拉上去。天黑了。街上一个人也不见了。迷叶包只拉上多一半去，兵们似乎不耐烦了，全显出不安的神气。我看出来：猫人是不喜欢夜间干活的，虽然他们的眼力并不是不能在黑处工作的。

大蝎对我又很客气了：我肯不肯在房外替他看守一夜那未拉完的迷叶？兵们一定得回家，现在已经是很晚了。

我心里想：假如我有个手电灯，这倒是个好机会，可以独自在夜间看看猫城。可惜，两个手电灯都在飞机上，大概也都摔碎了。我答应了大蝎，虽然我极愿意看看他的住宅的内部，可是由在迷林住着的经验推测，在房子里未必比在露天里舒服。大蝎喜欢了，下令叫兵们散去。然后他自己揪着大绳上了墙头。

剩下我一个人，小风还刮着，星比往常加倍的明亮，颇有些秋意，心中觉得很爽快。可惜，房子外边一道臭沟叫我不能安美地享受这个静寂的夜晚。扯破一个迷叶包，吃了几片迷叶，一来为解饿，二来为抵抗四围的臭气，然后独自走来走去。

不由得我想起许多问题来：为什么猫人白天闹得那么欢，晚间便全藏起来呢？社会不平安的表示？那么些个人都钻进这一列房子去，不透风，没有灯光，只有苍蝇、臭气、污秽，这是生命？房子不开门？不开窗户？噢，怕抢劫！为求安全把卫生完全忘掉，疾病会自内抢劫了他们的生命！又看见那毁灭的巨指，我身上忽然觉得有点发颤。假如有像虎列拉[1]、猩红热等的传染病，这城，这城，一个星期的工夫可以扫空人迹！越看这城越难看，一条丑大的黑影站在星光之下，没有一点声音，只发着一股臭气。

我搬了几包迷叶，铺在离臭沟很远的地方，仰卧观星，这并不是不舒服的一张床。但是，我觉得有点凄凉。我似乎又有点羡慕那些猫人了。脏，臭，不透空气……到底他们是一家老幼住在一处，我呢？独自在火星上与星光做伴！还要替大蝎看着迷叶！我不由得笑了，虽然眼中笑出两点泪来。

我慢慢地要睡去，心中有两个相反的念头似乎阻止着我安然地入梦：应当忠诚地替大蝎看着迷叶和管他做什么呢。正在这么似睡非睡的当儿，有人拍了拍我的肩头。我登时就坐起来了，可是还以为我是做梦。无意义地揉了揉眼睛，面前站着两个猫人。在准知道没人的地方遇见人，不由得使我想到鬼，原人的迷信似乎老这么冷不防地吓唬我们这"文明"的人一下。

我虽没细看他们，已经准知道他们不是平常的猫人，因为他们敢拍我肩头一下。我也没顾得抓手枪，我似乎忘了我是在火星上。"请坐！"我不知道怎么想起这么两个字来，或者因为这是常用的客气话，所以不自觉地便说出来了。

这两位猫人很大方地坐下来。我心中觉得非常舒适；在猫人里处了这么多日子，就没有见过大大方方接受我的招待的。

"我们是外国人。"两个中的一个胖一些的人说，"你知道我为什么提出'外国人'的意思？"

我明白他的意思。

---

[1] 虎列拉：霍乱。

"你也是外国人。"那个瘦些的说——他们两个不像是把话都预先编好才来的，而是显出一种互相尊敬的样子，绝不像大蝎那样把话一个人都说了，不许别人开口。

"我是由地球上来的。"我说。

"噢！"两个一同显出惊讶的意思，"我们久想和别的星球交通，可是总没有办到。我们太荣幸了！遇见地球上的人！"两个一同立起来，似乎对我表示敬意。

我觉得我是又入了"人"的社会，心中可是因此似乎有些难过，一句客气话也没说出来。

他们又坐下了，问了我许多关于地球上的事。我爱这两个人。他们的话语是简单清楚，没有多少客气的字眼，同时处处不失朋友间的敬意，"恰当"是最好的形容字。恰当的话设若必须出于清楚的思路，这两个人的智力要比大蝎——更不用提其余的猫人——强着多少倍。

他们的国——光国——他们告诉我，是离此地有七天的路程。他们的职业和我的一样，为猫国地主保护迷林。

在我问了他们一些光国的事以后，他们说："地球先生。"(他们这样称呼我似乎是带着十二分的敬意)

那个胖子说："我们来有两个目的：第一是请你上我们那里去住，第二是来抢这些迷叶。"

第二个目的吓了我一跳。

"你向地球先生解说第二个问题。"胖子向瘦子说，"因为他似乎还不明白咱们的意思。"

"地球先生，"瘦子笑着说，"恐怕我们把你吓住了吧？请先放心，我们绝不用武力，我们是来与你商议。大蝎的迷叶托付在你手里，你忠心给他看守着呢，大蝎并不分外地感激你；你把它们没收了呢，大蝎也不恨你；这猫国的人，你要知道，是另有一种处世的方法的。"

"你们都是猫人！"我心里说。

他好像猜透我心中的话，他又笑了："是的，我们的祖先都是猫，正如——"

"我的祖先是猴子。"我也笑了。

"是的，咱们都是会出坏主意的动物，因为咱们的祖先就不高明。"他看了看我，大概承认我的样子确像猴子，然后他说，"我们还说大蝎的事吧。你忠心替他看着迷叶，他并不感激你。反之，你把这一半没收了，他便可以到处声张他被窃了，因而提高他的货价。富人被抢，穷人受罚，大蝎永不会吃亏。"

"但是，那是大蝎的事；我既受了他的嘱托，就不应骗他；他的为人如何是一回事，我的良心又是一回事。"我告诉他们。

"是的，地球先生。我们在我们的国里也是跟你一样地看事，不过，在这猫国里，我们忠诚，他们狡诈，似乎不很公平。老实地讲，火星上还有这么一国存在，是火星上人类的羞耻。我们根本不拿猫国的人当人待。"

"因此我们就应该更忠诚正直；他们不是人，我们还要是人。"我很坚决地说。

那个胖子接了过去："是的，地球先生。我们不是一定要叫你违背着良心做事。我们的来意是给你个警告，别吃了亏。我们外国人应当彼此照应。"

"原谅我，"我问，"猫国所以这样贫弱是否因为外国的联合起来与它为难呢？"

"有那么一点。但是，在火星上，武力缺乏永远不是使国际地位失落的原因。国民失了人格，国便慢慢失了国格。没有人愿与没国格的国合作的。我们承认别国有许多对猫国不讲理的地方，但是，谁肯因为替没有国格的国说话而伤了同等国家的和气呢？火星上还有许多贫弱国家，他们并不因为贫弱而失去国际地位。国弱是有多种原因的，天灾、地势都足以使国家贫弱；但是，没有人格是由人们自己造成的，因此而衰弱是惹不起别人的同情的。以大蝎说吧，你是由地球上来的客人，你并不是他的奴隶，他可曾请你到他家中休息一刻？他可曾问你吃饭不吃？他只叫你看着迷叶！我不是激动你，以便使你抢劫他，我是要说明我们外国人为什么小看他们。现在要说到第一个问题了。"胖子喘了口气，把话交给瘦子。

"设若明天，你地球先生，要求在大蝎家里住，他决定不收你。为什么？以后你自己会知道。我们只说我们的来意：此地的外国人另住在一个地方，在这城的西边。凡是外国人都住在那里，不分国界，好像是个大家庭似的。现在我们两个担任招待的职务，知道那个地方的，由我们两个招待，不知道的，由我们通知，我们天天有人在猫城左右看着，以便报告我们。我们为什么组织这个团体呢，因为本地人的污浊的习惯是无法矫正的，他们的饭食和毒药差不多，他们的医生便是——噢，他们就没有医生！此外还有种种原因，现在不用细说，我们的来意完全出于爱护你，这大概你可以相信，地球先生？"

我相信他的真诚。我也猜透一点他们没有向我明说的理由。但是我既来到猫城，便要先看看猫城。也许先看别的国家是更有益的事；由这两个人我就看出来，光国一定比猫国文明得多，可是，看文明的灭亡是不易得的机会。我绝不是拿看悲剧的态度来看历史，我心中实在希望我对猫城的人有点用处。我不敢说我同情于大蝎，但是大蝎不足以代表一切的人。我不疑心这两个外国人的话，但是我必须亲自去看过。

他们两个猜着我的心思，那个胖的说："我们现在不用决定吧。你不论什么时候愿去找我们，我们总是欢迎你的。从这里一直往西去——顶好是夜间走，不拥挤——走到西头，再走，不大一会儿便会看见我们的住处。再见，地球先生！"

他们一点不带不喜欢的样子，真诚而能体谅，我真感激他们。

"谢谢你们！"我说，"我一定上你们那里去，不过我先要看看此地的人们。"

"不要随便吃他们的东西！再见！"他们俩一齐说。

不！我不能上外国城去住！猫人并不是不可造就的，看他们多么老实：被兵们当作鼓打，还是笑嘻嘻的；天一黑便去睡觉，连半点声音也没有。这样的人民还不好管理？假如有好的领袖，他们必定是最和平、最守法的公民。

我睡不着了。心中起了许多许多色彩鲜明的图画：猫城改建了，成了一座花园似的城市，音乐、雕刻、读书声、花、鸟、秩序、清洁、美丽……

第十三章

大蝎把迷叶全运进去，并没说声"谢谢"。

我的住处，他管不着；在他家里住是不行的，不行，一千多个理由不行。最后他说："和我们一块住，有失你的身份呀！你是外国人，为何不住在外国城去？"他把那两个光国人不肯明说的话说出来了——不要脸的爽直！

我并没动气，还和他细细地说明我要住在猫城的原因。我甚至于暗示出，假如他的家里不方便，我只希望看看他的家中是什么样子，然后我自己会另找住处去。看看也不行。这个拒绝是预料得到的。在迷林里几个月的工夫，他到底住在哪里？我始终没探问出来，现在迷叶都藏在家里，被我知道了岂不是危险的事。我告诉大蝎，我要是有意抢劫他的迷叶，昨天晚上就已下手了，何必等他藏好我再多费事。他摇头：他家中有妇女，不便招待男客，这是个极有力的理由。但是，看一看并不能把妇女看掉一块肉呀——噢，我是有点糊涂，那不是大蝎的意思。

墙头上露出个老猫头来，一脑袋白毛，猫嘴抽抽着好像个风干的小木瓜。老猫喊起来："我们不要外国人！不要外国人！不要，不要！"这一定是大蝎的爸爸。

我还是没动气，我倒佩服这个干木瓜嘴的老猫，他居然不但不怕，而且敢看不起外国人。这个看不起人也许出于无知，但是据我看，他总比大蝎多些人味。

一个青年的猫人把我叫到一旁，大蝎乘机会爬上墙去。

青年猫人，这是我最希望见一见的。这个青年是大蝎的儿子。我更欢喜了，我见着了三辈。木瓜嘴的老猫与大蝎，虽然还活着，也许有很大的势力，究竟是过去的人物了；诊断猫国病症的有无起色，青年是脉门。

"你是由远处来的?"小蝎——其实他另有名字，我这么叫他，为是省事——问我。

"很远很远! 告诉我，那个老年人是不是你的祖父?"我问。

"是。祖父以为一切祸患都是外国人带来的，所以最恨外国人。"

"他也吃迷叶?"

"吃。因为迷叶是自外国传来的，所以他觉得吃迷叶是给外国人丢脸，不算他自己的错处。"

四围的人多了，全瞪着圆眼，张着嘴，看怪物似的看着我。

"我们不能找着清静地方谈一谈?"

"我们走到哪里，他们跟到哪里；就在这里谈吧。他们并不要听我们说什么，只要看看你怎么张嘴、怎么眨眼就够了。"

我很喜爱小蝎的爽直。

"好吧。"我也不便一定非找清静地方不可了，"你的父亲呢?"

"父亲是个新人物，至少是二十年前的新人物。二十年前他反对吃迷叶，现在他承袭了祖父的迷林。二十年前他提倡女权，现在他不许你进去，因为家中有妇女。祖父常说，将来我也是那样：少年的脾气喜新好奇，一到中年便回头看祖宗的遗法了。祖父一点外国事不懂，所以拿我们祖先遗传下来的规法当作处世的标准。父亲知道一些外国事，在他年轻的时候，他要处处仿效外国人，现在他拿那些知识作为维持自己利益的工具。该用新方法的地方他使用新方法，不似祖父那样固执；但是这不过是处世方法上的运用，不是处世的宗旨的变动，在宗旨上父亲与祖父是完全相同的。"

我的眼闭上了；由这一片话的光亮里我看见一个社会变动的图画的轮廓。

这轮廓的四外，也许是一片明霞，但是轮廓的形成线以内确是越来越黑。这团黑气是否再能与那段明霞联合成一片，由荫翳而光明，全看小蝎身上有没有一点有力的光色。我这样想，虽然我并不知道小蝎是何等的人物。

"你也吃迷叶?"我突然地问出来，好似我是抓住迷叶，拿它做一切病患的根源了，我并回答不出为什么这样想的理由。

"我也吃。"小蝎回答。

我心眼中的那张图画完全黑了，连半点光明也没有了。

"为什么?"我太不客气了——"请原谅我的这样爽直!"

"不吃它，我无法抵抗一切!"

"吃它便能敷衍一切?"

小蝎老大半天没言语。

"敷衍，是的! 我到过外国，我明白一点世界大势。但是在不想解决任何的问题的民众中，敷衍; 不敷衍怎能活着呢?"小蝎似笑非笑地说。

"个人的努力?"

"没用! 这么多糊涂、老实、愚笨、可怜、贫苦、随遇而安、快活的民众; 这么多只拿棍子、只抢迷叶与妇女的兵; 这么多聪明、自私、近视、无耻，为自己有计划、对社会不关心的政客; 个人的努力? 自己的脑袋到底比别人的更值得关切一些!"

"多数的青年都这么思想吗?"我问。

"什么? 青年? 我们猫国里就没有青年! 我们这里只有年纪的分别，设若年纪小些的就算青年，由这样青年变成的老人自然是老——"他大概是骂人呢，我记不得那原来的字了，"我们这里年纪小的人，有的脑子比我祖父的还要古老; 有的比我父亲的心眼还要狭窄; 有的——"

"环境不好也是不可忽略的事实，"我插嘴说，"我们不要太苛了。"

"环境不好是有恶影响的，可是从另一方面说，环境不好也正是使人们能醒悟的; 青年总应当有些血性; 可是我们的青年生下来便是半死的。他们不见着一点小便宜，还好; 只要看见一个小钱的好处，他们的心便不跳了。平日他们看一切不合适；一看到便宜、个人的利益，他们对什么也觉得顺眼了。"

"你太悲观了，原谅我这么说，你是个心里清楚而缺乏勇气的悲观者。你只将不屑于努力的理由作为判断别人的根据，因此你看一切是黑色的，是无望的；事实上或者未必如此。也许你换一个眼光去看，这个社会并不那么黑暗得可怕？"

"也许；我把这个观察的工作留给你。你是远方来的人，或者看得比我更清楚、更到家一些。"小蝎微微地笑了笑。

我们四围的人似乎已把我怎样张嘴、怎样眨眼看够了——看明白了没有还很可疑——他们开始看我那条破裤子了。我还有许多许多问题要问小蝎，但是我的四围已经几乎没有一点空气了，我求小蝎给我找个住处。他也劝我到外国城去住，不过他的话说得非常有哲学味："我不希望你真做那份观察的工作，因为我怕你的那点热心与期望全被浇灭了。不过，你一定主张在这里住，我确能给你找个地方。这个地方没有别的好处，他们不吃迷叶。"

"有地方住便不用说别的了，就请费心吧！"我算是打定了主意，绝不到外国城去住。

第十四章

我的房东是做过公使的。公使已死去好几年，公使太太除了上过外国之外，还有个特点——"我们不吃迷叶"，这句话她一天至少要说百十多次。不管房东是谁吧，我算达到爬墙的目的了。我好像小猫初次练习上房那么骄傲，到底我可以看看这四方房子里是怎样的布置了。

爬到半截，我心中有点打鼓了。我要说墙是摇动，算我说谎；随着手脚所触一劲儿落土，绝一点不假。我心里说：这酥饽饽式的墙也许另有种作用。爬到墙头，要不是我眼晕，那必定是墙摇动呢。

房子原来没顶。下雨怎么办呢？想不出，因而更愿意在这里住一住了。离墙头五尺来深有一层板子，板子中间有个大窟窿。公使太太在这个窟窿中探着头招待我呢。

公使太太的脸很大，眼睛很厉害，不过这不足使我害怕；一脸白粉，虽然很厚，可是还露着脸上的细灰毛，像个刺硬霜厚、带着眼睛的老冬瓜，使我有点发怵。

"有什么行李就放在板子上吧。上面统归你用，不要到下面来。天一亮吃饭，天一黑吃饭，不要误了。我们不吃迷叶！拿房钱来！"公使太太确是懂得怎么办外交。

我把房钱付过。我有大蝎给我的那五百国魂在裤兜里装着呢。

这倒省事：我自己就是行李，只要我有了地方住，什么也不必张心了。房子呢，就是一层板，四面墙，也用不着搬桌弄椅的捣乱。只要我不无心中由窟窿掉下去，大概便算天下太平。板子上的泥至少有二寸多厚，泥里发出来的味道，一点也不像公使家里所应有的。上面晒着，下面是臭泥，我只好还得上街去。我明白了为什么猫人都白天在街上过活了。

我还没动身，窟窿中爬出来了公使太太，同着八个冬瓜脸的妇女。八位女子先爬出墙去，谁也没敢正眼看我。末后，公使太太身在墙外、头在墙上发了话：

"我们到外边去，晚上见！没有法子，公使死了，责任全放在我身上，我得替他看着这八个东西！没钱，没男子，一天到晚得看着这八个年轻的小妖精！我们不吃迷叶！丈夫是公使，公使太太，到过外国，不吃迷叶，一天到晚得看着八个小母猫！"

我希望公使太太快下去吧，不然这八位妇女在她口中不定变成什么呢！公使太太颇知趣，忽地一下不见了。

我又掉在迷魂阵里。怎么一回事呢？八个女儿？八个小姑？八个妾？对了，八个妾。大蝎不许我上他家去，大概也因为这个。板子下面，没有光，没有空气，一个猫人，带着一群母猫——引用公使太太的官话——臭、乱、淫、丑……我后悔了，这种家庭看与不看没什么重要。但是已交了房钱，况且，我到底得设法到下面去看看，不管是怎样的难堪。

她们都出去了，我是否应当现在就下去看看？不对，公使太太嘱咐我不要下去，偷偷地窥探是不光明的。正在这么犹豫，墙头上公使太太的头又回来了：

"快出去，不要私自往下面看，不体面！"

我赶紧地爬下去。找谁去呢？只有小蝎可以谈一谈，虽然他是那么悲观。但是，上哪里去找他呢？他当然不会在家里；在街上找人和海里摸针大概一样地无望。我横着挤出了人群，从远处望望那条街。我看清楚：城的中间是贵族的住宅与政府机关，因为房子比左右的高着很多。越往两边去越低越破，一定是贫民的住处和小铺子。记清了这个大概就算认识猫城了。

正在这个当儿，从人群挤出十几个女的来。白脸的一定是女的，从远处我也能认清了。她们向着我来了。我心中有点不得劲：由公使太太与大蝎给我的印象，我以为此地的妇女必定是极服从、极老实、极不自由的。随便乱跑，像这十几个女的，一定不会是有规矩的。我初到此地，别叫人小看了我，我得小心着点。我想到这里，便开始要跑。

"开始做观察的工作吗？"小蝎的声音。

我仔细一看，原来他在那群女郎的中间裹着呢。

我不用跑了。一展眼的工夫，我与小蝎被围在中间。

"来一个？"小蝎笑着说，眼睛向四围一转，"这是花，这是迷，比迷叶还迷的迷，这是星……"他把她们的名字都告诉给我，可是我记不全了。

迷过来向我挤了挤眼，我打了个冷战。我不知道怎样办好了：这群女子是干什么的，我不晓得。设若都是坏人，我初来此地，不应不爱惜名誉；设若她们都是好人，我不应得罪她们。说实话，我虽不是个恨恶妇女的人，可是我对女子似乎永远没什么好感。我总觉得女子的好擦粉是一种好作虚伪的表示。自然，我也见过不擦粉的女子，可是，她们不见得比别的女子少一点虚伪。这点心理并不使我对女子减少应有的敬礼，敬而远之是我对女性的态度。因此我不肯得罪了这群女郎。

小蝎似乎看出我的进退两难了。他闹着玩似的用手一推她们，"去！去！两个哲学家遇见就不再要你们了。"她们唧唧地笑了一阵，很知趣地挤入人群里去。我还是发愣。

"旧人物多娶妾，新人物多娶妻，我这厌旧恶新的人既不娶妻，又不纳妾，只是随便和女子游戏游戏。敷衍，还是敷衍。谁敢不敷衍女的呢？"

"这群女的似乎——"我不知道怎样说好。

"她们？似乎——"小蝎接过去，"似乎——是女子。压制她们也好，宠爱她们也好，尊敬她们也好，迷恋她们也好，豢养她们也好；这只随男人的思想而异，女子自己永远不改变。我的曾祖母擦粉，我的祖母擦粉，我的母亲擦粉，我的妹妹擦粉，这群女子擦粉，这群女子的孙女还要擦粉。把她们锁在屋里要擦粉，把她们放在街上还要擦粉。"

"悲观又来了！"我说。

"这不是悲观，这是高抬女子，尊敬女子，男子一天到晚瞎胡闹，没有出息，忽而变为圣人，忽而变为禽兽；只有女子，唯独女子，是始终纯洁，始终是女子，始终奋斗：总觉得天生下来的脸不好，而必擦些白粉。男子设若也觉得圣人与禽兽的脸全欠些白润，他们当然不会那么没羞没耻，他们必定先顾脸面，而后再去瞎胡闹。"

这个开玩笑似的论调又叫我默想了。

小蝎很得意地往下说："刚才这群女的，都是'所谓'新派的女子。她们是我父亲与公使太太的仇敌。这并非说她们要和我父亲打架；而是我父亲恨她们，因为他不能把她们当作迷叶卖了，假如她们是他的女儿；也不能把她们锁在屋里，假如她们是他的妻妾。这也不是说她们比我的母亲或公使太太多些力量，多些能干，而是她们更像女子，更会不做事，更会不思想——可是极会往脸上擦粉。她们都顶可爱，就是我这不爱一切的人也得常常敷衍她们一下。"

"她们都受过新教育？"我问。

小蝎乐得半天说不出话来。

"教育？噢，教育，教育，教育！"小蝎似乎有点发疯，"猫国除了学校里'没'教育，其余处处'都是'教育！祖父的骂人，教育；父亲的卖迷叶，教育；公使太太的监管八个活的死母猫，教育；大街上的臭沟，教育；兵丁在人头上打鼓，教育；粉越擦越厚，女子教育；处处是教育，我一听见教育就多吃十片迷叶，不然，便没法不呕吐！"

"此地有很多学校？"

"多。你还没到街那边去看？"

"没有。"

"应当看看去。街那边全是文化机关。"小蝎又笑了，"文化机关与文化有关系没有，你不必问，机关确是在那里。"他抬头看了看天："不好，要下雨！"

天上并没有厚云，可是一阵东风刮得很凉。

"快回家吧!"小蝎似乎很怕下雨。"晴天还在这里见。"

人潮似遇见暴风,一个整劲往房子那边滚。我也跟着跑,虽然我明知道回到家中也还是淋着,屋子并没有顶。看人们疯了似的往墙上爬也颇有意思,我看见过几个人做障碍竞走,但是没有见过全城的人们一齐往墙上爬的。

东风又来了一阵,天忽然地黑了。一个扯天到地的大红闪,和那列房子交成一个大三角。鸡蛋大小的雨点随着一声雷拍打下来。远处唰唰地响起来,雨点稀少了,天低处灰中发亮,一阵凉风,又是一个大闪,听不见单独的雨点响了,一整排雨道从天上倒下来。天看不见了,一切都看不见了。只有闪光更厉害了。雨道高处忽然横着截开,一条惊蛇极快地把黑空切开一块,颤了两颤不见;一切全是黑的了。跑到墙根,我身上已经完全湿了。

哪个是公使太太的房? 看不清。我后退了几步,等着借闪光看看。又是一个大的,白亮亮的,像个最大的黑鬼在天上偶尔一睁眼,极快地眨巴了几下似的。不行,还是看不清。我急了,管它是谁的房呢,爬吧;爬上去再说。爬到半中腰,我摸出来了,这正是公使太太的房,因为墙摇动呢。

一个大闪,等了好像有几个世纪,整个天塌下来了似的一声大雷。我和墙都由直着改成斜着的了。我闭上眼,又一声响,我到哪里去了? 谁知道呢!

第十五章

雷声走远了。这是我真听见了呢，还是做梦呢？不敢说。我一睁眼；不，我不能睁眼，公使太太的房壁上的泥似乎都在我脸上贴着呢。是的，是还打雷呢，我确醒过来了。我用手摸；不能，手都被石头压着呢。脚和腿似乎也不见了，觉得像有人把我种在泥土里了。

把手拔出来，然后把脸扒开。公使太太的房子变成了一座大土坟。我一边拔腿，一边疯了似的喊救人；我是不要紧的，公使太太和八位小妖精一定在极下层埋着呢！空中还飞着些雨点，任凭我怎样喊，一个人也没来：猫人怕水，当然不会在天完全晴了之前出来。

把我自己埋着的半截拔脱出来，我开始疯狗似的扒那堆泥土，也顾不得看身上有伤没有。天晴了，猫人全出来。我一边扒土，一边喊救人。人来了不少，站在一旁看着。我以为他们误会了我的意思，开始给他们说明：不是救我，是救底下埋着的九个妇人。大家听明白了，往前挤了过来，还是没人动手。我知道只凭央告是无效的，摸了摸裤袋里，那些国魂还在那里呢。"过来帮我扒的，给一个国魂！"大家愣了一会，似乎不信我的话，我掏出两块国魂来，给他们看了看。行了，一窝蜂似的上来了。可是上来一个，拿起一块石头，走了；又上来一个，搬起一块砖，走了；我心里明白了：见便宜便捡着，是猫人的习惯。好吧，随你们去吧；反正把砖石都搬走，自然会把下面的人救出来。很快！像蚂蚁运一堆米粒似的，叫人想不到能搬运得那么快。底下出了声音，我的心放下去一点。但是，只是公使太太一个人的声音，我的心又跳上了。全搬净了：公使太太在中间，正在对着那个木板窟窿那溜儿，坐着呢。其余的八位女子，都在四角卧着，已经全不动了。我要先把公使太太扶起来，但是我的手刚一挨着她的胳臂，她说了话：

"哎哟！不要动我，我是公使太太！抢我的房子，我去见皇上，老老实实地把砖给我搬回来！"其实她的眼还被泥糊着呢；大概见倒了房便抢，是猫人常干的事，所以她已经猜到。

四围的人还轻手蹑脚地在地下找呢。砖块已经完全搬走了，有的开始用手捧土；经济的压迫使人们觉得就是捧走一把土也比空着手回家好，我这么想。

公使太太把脸上的泥抓下来，腮上破了两块，脑门上肿起一个大包，两眼睁得像冒着火。她挣扎着站起来，一瘸一拐地奔过一个猫人去，不知道怎会那么准确，一下子便咬住他的耳朵，一边咬一边从嘴角噜噜地叫，好似猫捉住了老鼠。那个被咬的嚎起来，拼命用手向后捶公使太太的肚子。两个转了半天，公使太太忽然看见地上卧着的妇女，她松了嘴，那个猫人像箭头似的跑开，四围的人喊了一声，也退出十几尺远。公使太太抱住一个妇女痛哭起来。

我的心软了，原来她并不是个没人心的人。我想过去劝劝，又怕她照样咬我的耳朵，因为她确乎有点发疯的样子。

哭了半天，她又看见了我。

"都是你，都是你，你把我的房爬倒了！你跑不了，他们抢我的东西也跑不了；我去见皇上，全杀了你们！"

"我不跑，"我慢慢地说，"我尽力帮着你便是了。"

"你是外国人。我信你的话。那群东西，非请皇上派兵按家搜不可，搜出一块砖也得杀了！我是公使太太！"公使太太的唾沫飞出多远去，啪的一声吐出一口血来。

我不知道她是否有那么大的势力。我开始安慰她，唯恐怕她疯了。"我们先把这八个妇女——"我问。

"你这里来，把这八个妖精怎么着？我只管活的，管不着死的，你有法子安置她们？"

这把我问住了，我知道怎么办呢，我还没在猫国办过丧事。

公使太太的眼睛越发的可怕了，眼珠上流着一层水光，可是并不减少疯狂的野火，好像泪都在眼中炼干，白眼珠发出瓷样的浮光来。

"我跟你说说吧！"她喊，"我无处去诉苦，没钱，没男子，不吃迷叶，公使太太，跟你说说吧！"

我看出她是疯了，她把刚才所说的事似乎都忘了，而想向我诉委屈了。

"这个，"她揪住一个死妇人的头皮，"这个死妖精，十岁就被公使请来了。刚十岁呀，筋骨还没长全，就被公使给收用了。一个月里，不要天黑，一到黑天呀，她，这个小死妖精，她便嚎啊，嚎啊，爹妈乱叫，拉住我的手不放，管我叫妈，叫祖宗，不许我离开她。但是，我是贤德的妇人，我不能与个十岁的丫头争公使呀；公使要取乐，我不能管，我是太太，我得有太太的气度。这个小妖精，公使一奔过她去，她就呼天喊地，嚎得不像人声。公使取乐的时候，看她这个央告，她喊哪：公使太太！公使太太！好祖宗，来救救我！我能禁止公使取乐吗？我不管。事完了，她躺着不动了，是假装死呢，是真晕过去？我不知道，也不深究。我给她上药，给她做吃食，这个死东西，她并一点不感念我的好处！后来，她长成了人，看她那个跋扈，她恨不能把公使整个地吞了。公使又买来了新人，她一天到晚地哭哭啼啼，怨我不拦着公使买人；我是公使太太，公使不多买人，谁能看得起他？这个小妖精，反怨我不管着公使，浪东西，骚东西，小妖精！"公使太太把那个死猫头推到一边，顺手又抓住另一个。"这个东西是妓女，她一天到晚要吃迷叶，还引诱着公使吃；公使有吃迷叶的瘾怎么再上外国？看她那个闹！叫我怎办，我不能拦着公使玩妓女，我又不能看着公使吃迷叶，而不能上外国去。我的难处，你不会想到做公使太太的难处有多么大！我白天要监视着不叫她偷吃迷叶，到晚上还得防备着她鼓动公使和我捣乱，这个死东西！她时时刻刻想逃跑呢，我的两只眼简直不够用的了，我老得捎着她一眼，公使的妾跑了出去，大家的脸面何在？"公使太太的眼睛真像发了火，又抓住一个死妇人的头：

"这个东西，最可恶的就是她！她是新派的妖精！没进门之前她就叫公使把我们都撵出去，她好做公使太太，哈哈，那如何做得到？她看上了公使，只因为他是公使。别的妖精是公使花钱买来的，这个东西是甘心愿意跟他，公使一个钱没花，白玩了她。她把我们妇人的脸算丢透了！她一进门，公使连和我们说话都不敢了。公使出门，她得跟着，公使见客，她得陪着，她俨然是公使太太了。我是干什么的？公使多买女人，该当的；公使太太只能有我一个！我非惩治她不行了，我把她捆在房上，叫雨淋着她，淋了三回，她支持不住了，小妖精！她要求公使放她回家，她还说公使骗了她；我能放了她？自居后补公使太太的随便与公使吵完一散？没听说过。想再嫁别人？没那么便宜的事。难哪！做公使太太不是件容易的事。我昼夜看着她。幸而公使又弄来了这个东西。"她转身从地上挑选出一个死妇人，"她算是又和我亲近了，打算联合我，一齐反对这个新妖精。妇人都是一样的，没有男人陪着就发慌；公使和这新妖精一块睡，她一哭便是一夜。我可有话说了：你还要做公使太太？就凭你这样离不开公使？你看我这真正公使太太！要做公使太太就别想独占公使，公使不是卖东西的小贩子，一辈子只抱着一个老婆！"

公使太太的眼珠子全红了。抱住了一个死妇人的头在地上撞了几下。笑了一阵，看了看我——我不由得往后退了几步。

"公使活着，她们一天不叫我心静，看着这个，防备着那个，骂这个，打那个，一天到晚不叫我闲着。公使的钱，全被她们花了。公使的力量都被她们吸干了。公使死了，连一个男孩子也没留下。不是没生过呀，她们八个，都生过男孩子，一个也没活住。怎能活住呢，一个人生了娃娃，七个人昼夜设法谋害他。争宠呀，唯恐有男孩子的升做公使太太。我这真做太太的倒没像她们那么嫉妒，我只是不管，谁把谁的孩子害了，是她们的事，与我不相干；我不去害小孩子，也不管她们彼此谋害彼此的娃娃，太太总得有太太的气度。

"公使死了，没钱，没男子，把这八个妖精全交给了我！有什么法子，我能任凭她们逃跑去嫁人吗？我不能，我一天到晚看着她们，一天到晚苦口地相劝；

叫她们明白人生的大道理。她们明白吗？未必！但是我不灰心，我日夜地管着她们。我希望什么？没有可希望的，我只望皇上明白我的难处、我的志向、我的品行，赏给我些恤金，赐给我一块大匾，上面刻上'节烈可风'。可是，你没听见我刚才哭吗？你听见没有？"

我点点头。

"我哭什么？哭这群死妖精？我才没有工夫哭她们呢！我是哭我的命运，公使太太，不吃迷叶，现在会房倒屋塌，把我的成绩完全毁灭！我再去见皇上，我有什么话可讲。设若皇上坐在宝座上问我：公使太太你有什么成绩来求赏赐？我说什么？我说我替死去的公使管养着八个女人，没出丑，没私逃。皇上说，她们在哪里呢？我说什么？说她们都死了？没有证据能得赏赐吗？我说什么？公使太太！"她的头贴在胸口上了。我要过去，又怕她骂我。

她又抬起头来，眼珠已经不转了："公使太太，到过外国……不吃迷叶……恤金！大匾……公使太太……"

公使太太的头又低了下去，身子慢慢地向一边倒下来，躺在两个妇人的中间。

第十六章

我难过极了！公使太太的一段哀鸣，使我为多少世纪的女子落泪，我的手按着历史上最黑的那几页，我的眼不敢再往下看了。

不到外国城去住是个错误。我又成了无家之鬼了。上哪里去？那群帮忙的猫人还看着我呢，大概是等着和我要钱。他们抢走了公使太太的东西，不错，但是，那恐怕不足使他们扔下得个国魂的希望吧？我的头疼得很厉害，牙也摔活动了两个。我渐渐地不能思想了，要病。我的心中来了个警告。我把一裤袋的国魂，有十块一个的，有五块一个的，都扔在地上，让他们自己分吧，或是抢吧，我没精神去管。那八个妇人是无望了；公使太太呢，也完了，她的身下流出一大汪血，眼睛还睁着，似乎在死后还关心那八个小妖精。我无法把她们埋起来，旁人当然不管；难堪与失望使我要一拳把我的头击碎。

我在地上坐了一会儿。虽然极懒得动，到底还得立起来，我不能看着这些妇人在我的眼前臭烂了。我一瘸一拐地走，大概为外国人丢脸不少。街上又挤满了人。有些少年人，手中都拿着块白粉，挨着家在墙壁上写字呢，墙还很潮，写过以后，经小风一吹，特别的白。"清洁运动""全城都洗过"……每家墙壁上都写上了这么一句。虽然我的头是那么疼，我不能不大笑起来。下完雨提倡洗过全城，不必费人们一点力量，猫人真会办事。是的，臭沟里确乎被雨水给冲干净了，清洁运动，哈哈！莫非我也有点发疯么？我恨不能掏出手枪打死几个写白字的东西们!

我似乎还记得小蝎的话：街那边是文化机关。我绕了过去，不是为看文化机关，而是希望找个清静地方去忍一会儿。我总以为街市的房子是应当面对面的，此处街上的房子恰好是背倚背的，这个新排列方法使我似乎忘了点头疼。可是，这也就是不大喜欢新鲜空气与日光的猫人才能想出这个好主意，房背倚着房背，中间一点空隙没有，这与其说是街，还不如说是疾病酿造厂。我的头疼又回来了。在异国生病使人特别的悲观，我似乎觉得没有生还中国的希望了。

我顾不得细看了，找着个阴凉便倒了下去。

睡了多久? 我不知道。一睁眼我已在一间极清洁的屋子中。我以为这是做梦呢，或是热度增高见了幻象，我摸了摸头，已不十分热! 我莫名其妙了。身上还懒，我又闭上了眼。有点极轻的脚步声，我微微睁开眼：比迷叶还迷的迷! 她走过来，摸了摸我的头，微微地点点头："好啦!"她向自己说。

我不敢再睁眼，等着事实来说明事实吧。过了不大的工夫，小蝎来了，我放了心。

"怎样了?"我听见他低声地问。

没等迷回答，我睁开了眼。

"好了?"他问我。我坐起来。

"这是你的屋子?"我又起了好奇心。

"我们俩的，"他指了指迷，"我本来想让你到这里来住，但是恐怕父亲不愿意。你是父亲的人，父亲至少这么想；他不愿意我和你交朋友，他说我的外国习气已经太深。"

"谢谢你们!"我又往屋中扫了一眼。

"你纳闷我们这里为什么这样干净? 这就是父亲所谓的外国习气。"小蝎和迷全笑了。

是的，小蝎确是有外国习气。以他的言语说，他的比大蝎的要多用着两倍以上的字眼，大概许多字是由外国语借来的。

"这是你们俩的家?"我问。

"这是文化机关之一。我们俩借住。有势力的人可以随便占据机关的房子。我们俩能保持此地的清洁便算对得起机关；是否应以私人占据公家的地方，别人不问，我们也不便深究。敷衍，还得用这两个最有意思的字！迷，再给他点迷叶吃。"

"我已经吃过了吗？"我问。

"刚才不是我们灌你一些迷叶汁，你还打算再醒过来呀？迷叶是真正好药！在此地，迷叶是众药之王。它能治的，病便有好的希望；它不能治的，只好等死。它确是能治许多的病。只有一样，它能把'个人'救活，可是能把'国家'治死，迷叶就是有这么一点小缺点！"小蝎又来了哲学家的味了。

我又吃了些迷叶，精神好多了，只是懒得很。我看出来光国和别的外国人的智慧。他们另住在一处，的确是有道理的。猫国这个文明是不好惹的；只要你一亲近它，它便一把油漆似的将你胶住，你非依着它的道儿走不可。猫国便是个海中的旋涡，临近了它的便要全身陷入。要入猫国便须不折不扣地做个猫人，不然，干脆就不要粘惹它。我尽力地反抗吃迷叶，但是，结果？还得吃！在这里必须吃它，不吃它别在这里，这是绝对的。设若这个文明能征服了全火星——大概有许多猫国人抱着这样的梦想——全火星的人类便不久必同归于尽：浊秽，疾病，乱七八糟，糊涂，黑暗，是这个文明的特征；纵然构成这个文明的分子也有带光的，但是那一些光明决抵抗不住这个黑暗的势力。这个势力，我看出来，必须有朝一日被一些真光，或一些毒气，好像杀菌似的剪除净尽。不过，猫人自己绝不这么想。小蝎大概看到这一步，可是因为看清这局棋已经是输了，他便信手摆子，而自己笑自己的失败了。至于大蝎和其余的人只是做梦而已。

我要问小蝎的问题多极了。政治，教育，军队，财政，出产，社会，家庭……

"政治我不懂，"小蝎说，"父亲是专门作政治的，去问他。其余的事我有知道的，也有不知道的，顶好你先自己去看，看完再问我。只有文化事业我能充分帮忙，因为父亲对什么事业都有点关系，他既不能全照顾着，所以对文化事业由我做他的代表。你要看学校、博物院、古物院、图书馆，只要你说话，我便叫你看得满意。"

我心里觉得比吃迷叶还舒服了：在政治上我可以去问大蝎，在文化事业上问小蝎，有这"二蝎"，我对猫国的情形或者可以知道个大概了。

但是我是否能住在这里呢？我不敢问小蝎。凭良心说，我确是半点离开这个清洁的屋子的意思也没有。但是我不能摇尾乞怜，等着吧！

小蝎问我先去看什么，惭愧，我懒得动。

"告诉我点你自己的历史吧！"我说，希望由他的言语中看出一点大蝎家中的情形。

小蝎笑了。每逢他一笑，我便觉得他可爱又可憎。他自己知道他比别的猫人优越，因而他不肯伸一伸手去拉扯他们一把——恐怕弄脏了他的手！他似乎觉得他生在猫国是件大不幸的事，他是荆棘中唯一的一朵玫瑰。我不喜欢这个态度。

"父母生下我来，"小蝎开始说，迷坐在他一旁，看着他的眼，"那不关我的事。他们极爱我，也不关我的事。祖父也极爱我，没有不爱孙子的祖父，不算新奇。幼年的生活似乎没有什么可说的。"小蝎扬头想了想，迷扬着头看他。"对了，有件小事也许值得你一听，假如不值得我一说。我的乳母是个妓女。妓女可以做乳母，可是不准我与任何别的小孩子一块玩耍。这是我们家的特别教育。为什么非请妓女看护孩子呢？有钱。我们有句俗话：钱能招鬼。这位乳娘便是鬼中之一。祖父愿意要她，因为他以为妓女看男孩、兵丁看女孩，是最好的办法，因为她们或他们能教给男女小孩一切关于男女的知识。有了充分的知识，好早结婚，早生儿女，这样便是对得起祖宗。妓女之外，有五位先生教我读书，五位和木头一样的先生教给我一切猫国的学问。后来有一位木头先生忽然不木头了，跟我的乳母逃跑了。那四位木头先生也都被撵了出去。我长大了，父亲把我送到外国去。父亲以为凡是能说几句外国话的，便算懂得一切，他需要一个懂得一切的儿子。在外国住了四年，我当然懂得一切了，于是就回家来。出乎父亲意料之外，我并没懂得一切，只是多了一些外国习气。可是，他并不因此而不爱我，他还照常给我钱花。我呢，乐得有些钱花，和星、花、迷、大家一天到晚凑凑趣。表面上我是父亲的代表，主办文化事业，其实我只是个寄生虫。坏事我不屑于做，好事我做不了，敷衍——这两个宝贝字越用越有油水！"小蝎又笑了，迷也随着笑了。

"迷是我的朋友，"小蝎又猜着了我的心思，"一块住的朋友。这又是外国习气。我家里有妻子，十二岁就结婚了，我六岁的时候，妓女的乳母便都教会了我，到十二岁结婚自然外行不了的。我的妻子什么也会，尤其会生孩子，顶好的女人，据父亲说。但是我愿意要迷。父亲情愿叫我娶迷做妾，我不肯干。父亲有十二个妾，所以看纳妾是最正当的事。父亲最恨迷，可是不大恨我，因为他虽然看外国习气可恨，可是承认世界上确乎有这么一种习气，叫做外国习气。祖父恨迷，也恨我，因为他根本不承认外国习气。我和迷同居，我与迷倒没有什么，可是对猫国的青年大有影响。你知道，我们猫国的人以为男女的关系只是'那么'着。娶妻，那么着；娶妾，那么着；玩妓女，那么着；现在讲究自由联合，还是那么着；有了迷叶吃，其次就是想那么着。我是青年人们的模范人物。大家都是先娶妻，然后再去自由联合，有我做前例。可是，老人们恨我入骨，因为娶妻妾是大家可以住在一处的，专为那么着，那么着完了就生一群小孩子。现在自由联合呢，既不能不要妻子，还得给情人另预备一个地方，不然，便不算做足了外国习气。这么一来，钱要花得特别的多，老人们自然供给不起，老人们不拿钱，青年人自然和老人们吵架。我与迷的罪过真不小。"

"不会完全脱离了旧家庭?"我问。

"不行呀，没钱！自由联合是外国习气，可是我们并不能舍去跟老子要钱的本国习气。这二者不调和，怎能做足了'敷衍'呢?"

"老人们不会想个好方法?"

"他们有什么方法呢? 他们承认女子只是为那么着预备的。他们自己娶妾，也不反对年轻的纳小，怎能禁止自由联合呢? 他们没方法，我们没方法，大家没方法。娶妻，娶妾，自由联合者要生小孩；生了小孩谁管养活着? 老人没方法，我们没方法，大家没方法。我们只管那么着的问题，不管子女问题。老的拼命娶妾，小的拼命自由，表面上都闹得挺欢，其实不过是那么着，那么着的结果是多生些没人照管没人养活没人教育的小猫人，这叫做加大的敷衍。我祖父敷衍，我的父亲敷衍，我敷衍，那些青年们敷衍；'负责'是最讨厌的一个名词。"

"女子自己呢？难道她们甘心承认是为那么着的？"我问。

"迷，你说，你是女的。"小蝎向迷说。

"我？我爱你。没有可说的。你愿意回家去看那个会生小孩的妻子，你就去，我也不管。你什么时候不爱我了，我就一气吃四十片迷叶，把迷迷死！"

我等着她往下说，她不再言语了。

第十七章

我没和小蝎明说，他也没留我，可是我就住在那里了。

第二天，我开始观察的工作。先看什么，我并没有一定的计划；出去遇见什么便看什么似乎是最好的方法。

在街的那边，我没看见过多少小孩子，原来小孩子都在街的这边呢。我心里喜欢了，猫人总算有这么一点好处：没忘了教育他们的孩子，街这边既然都是文化机关，小孩子自然是来上学了。

猫小孩是世界上最快活的小人们。脏，非常的脏，形容不出的那么脏；瘦，臭，丑，缺鼻短眼的，满头满脸长疮的，可是，都非常的快活。我看见一个脸肿得像大肚罐子似的，嘴已肿得张不开，腮上许多血痕，他也居然带着笑容，也还和别的小孩一块跳，一块跑。我心里那点喜欢气全飞到天外去了。

我不能把这种小孩子与美好的家庭学校联想到一处。快活？正因为家庭学校社会国家全是糊涂蛋，才会养成这样糊涂的孩子们，才会养成这种脏、瘦、臭、丑，缺鼻短眼的，可是还快活的孩子们。这群孩子是社会国家的索引，是成人们的惩罚者。他们长大成人的时候不会使国家不脏、不瘦、不臭、不丑；我又看见了那毁灭的巨指按在这群猫国的希望上，没希望！多妻，自由联合，只管那么着，没人肯替他的种族想一想。爱的生活，在毁灭的巨指下讲爱的生活、不知死的鬼！

我先不要匆忙地下断语，还是先看了再说话吧。我跟着一群小孩走，来到一个学校：一个大门，四面墙围着一块空地。小孩都进去了。我在门外看着。小孩子有的在地上滚成一团，有的往墙上爬，有的在墙上画图，有的在墙角细细检查彼此的秘密，都很快活。没有先生。我等了不知有多久，来了三个大人。他们都瘦得像骨骼标本，好似自从生下来就没吃过一顿饱饭，手扶着墙，慢慢地蹭，每逢有一阵小风他们便立定哆嗦半天。他们慢慢地蹭进校门。孩子们照旧滚、爬、闹，看秘密。三位坐在地上，张着嘴喘气。孩子们闹得更厉害了，他们三位全闭上眼，堵上耳朵，似乎唯恐得罪了学生们。又过了不知多少时候，三位一齐立起来，劝孩子们坐好。学生们似乎是下了决心永不坐好。又过了大概至少有一点钟吧，还是没坐好。幸而三位先生——他们必定是先生了——眼看见了我，"门外有外国人！"只这么一句，小孩子全面朝墙坐好，没有一个敢回头的。

　　三位先生的中间那一位大概是校长，他发了话："第一项唱国歌。"谁也没唱，大家都愣了一会儿，校长又说："第二项向皇上行礼。"谁也没行礼，大家又都愣了一会儿。"向大神默祷。"这个时候，学生们似乎把外国人忘了，开始你挤我，我挤你，彼此叫骂起来。"有外国人！"大家又安静了。"校长训话。"校长向前迈了一步，向大家的脑勺子说：

　　"今天是诸位在大学毕业的日子，这是多么光荣的事体！"

　　我几乎要晕过去，就凭这群……大学毕业？但是，我先别动情感，好好地听着吧。

　　校长继续说：

　　"诸位在这最高学府毕业，是何等光荣的事！诸位在这里毕业，什么事都明白了，什么知识都有了，以后国家的大事便全要放在诸位的肩头上，是何等的光荣的事！"校长打了个长而有调的呵欠。"完了！"

　　两位教员拼命地鼓掌，学生又闹起来。

　　"外国人！"安静了。"教员训话。"

　　两位先生谦逊了半天，结果一位脸瘦得像个干倭瓜似的先生向前迈了一步。

我看出来，这位先生是个悲观者，因为眼角挂着两点大泪珠。他极哀婉地说：

"诸位，今天在这最高学府毕业是何等光荣的事！"他的泪珠落下一个来。"我们国里的学校都是最高学府，是何等光荣的事！"又落下一个泪珠来。"诸位，请不要忘了校长和教师的好处。我们能做诸位的教师是何等的光荣，但是昨天我的妻子饿死了，是何等的……"他的泪像雨点般落下来。挣扎了半天，他才又说出话来："诸位，别忘了教师的好处，有钱的帮点钱，有迷叶的帮点迷叶！诸位大概都知道，我们已经二十五年没发薪水了，诸位……"他不能再说了，一歪身坐在地上。

"发证书。"

校长从墙根搬起些薄石片来，石片上大概是刻着些字，我没有十分看清。校长把石片放在脚前，说："此次毕业，大家都是第一，何等的光荣！现在证书放在这里，诸位随便来拿，因为大家都是第一，自然不必分前后的次序。散会。"

校长和那位先生把地下坐着的悲观者搀起，慢慢地走出来。学生并没去拿证书，大家又上墙的上墙，滚地的滚地，闹成一团。

什么把戏呢？我心中要糊涂死！回去问小蝎。

小蝎和迷都出去了。我只好再去看，看完一总问他吧。

在刚才看过的学校斜旁边又是一处学校，学生大概都在十五六岁的样子。有七八个人在地上按着一个人，用些家伙割剖呢。旁边还有些学生正在捆两个人。这大概是实习生理解剖，我想。不过把活人捆起来解剖未免太残忍吧？我硬着心看着，到底要看个水落石出。一会儿的工夫，大家把那两个人捆好，都扔在墙根下，两个人一声也不出，大概是已吓死过去。那些解剖的一边割宰，一边叫骂：

"看他还管咱们不管，你个死东西！"扔出一只胳膊来！

"叫我们念书？不许招惹女学生？社会黑暗到这样，还叫我念书？！还不许在学校里那么着？挖你的心，你个死东西！"鲜红的一块飞到空中！

"把那两个死东西捆好了？抬过一个来！"

"抬校长，还是历史教员？"

"校长!"

我的心要从口中跳出来了!原来这是解剖校长与教员!

也许校长、教员早就该杀,但是我不能看着学生们大宰活人。我不管谁是谁非,从人道上想,我不能看着学生们——或任何人——随便行凶。我把手枪掏出来了。其实我喊一声,他们也就全跑了,但是,我真动了气,我觉得这群东西只能以手枪对待,其实他们哪值得一枪呢?

唰!我放了一枪。哗啦,四面的墙全倒了下来。大雨后的墙是受不住震动的,我又做下一件错事。想救校长,把校长和学生全砸在墙底了!我心中没了主意。就是杀校长的学生也是一条命,我不能甩手一走。但是怎样救这么些人呢?幸而,墙只是土堆成的;我不知道近来心中怎么这样卑鄙,在这百忙中似乎想道:校长大概确是该杀,看这校址的建筑,把钱他全自己赚了去,而只用些土堆成围墙。办学校的而私吞公款,该杀。虽然是这么猜想,我可是手脚没闲着,连拉带扯,我很快地拉出许多人来。每逢拉出一个土鬼,连看我一眼也不看便疯了似的跑去,像是由笼里往外掏放生的鸽子似的。并没有受重伤的,我心中不但舒坦了,而且觉得这个把戏很有趣。最后把校长和教员也掏出来,他们的手脚全捆着呢,所以没跑。我把他们放在一旁;开始用脚各处地踢,看土里边还有人没有,大概是没了;可是我又踢了一遍。确乎觉得是没有人了,我回来把两位捆着的土鬼都松了绑。

待了好大半天,两位先生睁开了眼。我手下没有一些救急的药和安神壮气的酒类,只好看着他们两个,虽然我急于问他们好多事情,可是我不忍得立刻问他们。两位先生慢慢地坐起来,眼睛还带着惊惶的神气。我向他们一微笑,低声地问:"哪位是校长?"

两人脸上带出十二分害怕的样子,彼此互相指了一指。

神经错乱了,我想。

两位先生偷偷地,慢慢地,轻轻地,往起站。我没动。我以为他们是要活动活动身上。他们立起来,彼此一点头,就好像两个雌雄相逐的蜻蜓在眼前飞过那么快,一眨眼的工夫,两位先生已跑出老远。追是没用的,和猫人竞走我是没希望得胜的。我叹了一口气，坐在土堆上。

怎么一回事呢？噢，疑心！藐小！狡猾！谁是校长？他们彼此指了一指。刚活过命来便想牺牲别人而保全自己，他们以为我是要加害于校长，所以彼此指一指。偷偷地，慢慢地立起来，像蜻蜓飞跑了去！哈哈！我狂笑起来！我不是笑他们两个，我是笑他们的社会：处处是疑心、藐小、自利、残忍。没有一点诚实、大量、义气、慷慨！学生解剖校长，校长不敢承认自己是校长……黑暗，黑暗，一百分的黑暗！难道他们看不出我救了他们？噢，黑暗的社会里哪有救人的事。我想起公使太太和那八个小妖精，她们大概还在那里臭烂着呢！

校长，先生，教员，公使太太，八个小妖精……什么叫人生？我不由得落了泪。

到底是怎么回事？想不出，还得去问小蝎。

第十八章

下面是小蝎的话：

在火星上各国还是野蛮人的时候，我们已经有了教育制度，猫国是个古国。可是，我们的现行教育制度是由外国抄袭来的。这并不是说我们不该模仿别人，而是说取法别人并不是件容易的事。互相模仿是该当的，而且是人类文明改进的一个重要动力。没有人采行我们的老制度，而我们必须学别人的新制度，这已见出谁高谁低。但是，假如我们能模仿得好，使我们的教育与别国的并驾齐驱，我们自然便不能算十分低能。我们施行新教育制度与方法已经二百多年，可是依然一塌糊涂，这证明我们连模仿也不会；自己原有的既行不开，学别人又学不好，我是个悲观者，我承认我们的民族的低能。

低能民族的革新是个笑话，我们的新教育，所以，也是个笑话。

你问为什么一点的小孩子便在大学毕业？你太诚实了，或者应说太傻了，你不知道那是个笑话吗？毕业？那些小孩都是第一天入学的！要闹笑话就爽得闹到家，我们没有其他可以自傲的事，只有能把笑话闹得彻底。这过去二百年的教育史就是笑话史，现在这部笑话史已到了末一页，任凭谁怎样聪明也不会再把这个大笑话弄得再可笑一点。在新教育初施行的时候，我们的学校也分多少等级，学生必须一步一步地经过试验，而后才算毕业。经过二百年的改善与进步，考试慢慢地取消了，凡是个学生，不管他上课与否，到时候总得算他毕业。可是，小学毕业与大学毕业自然在身份上有个分别，谁肯甘心落个小学毕业的资格呢，小学与大学既是一样地不上课？所以我们彻底地改革了，凡是头一天入学的就先算他在大学毕业，先毕业，而后——噢，没有而后，已经毕业了，还要什么而后？

这个办法是最好的——在猫国。在统计上，我们的大学毕业生数目在火星上各国中算第一，数目第一也就足以自慰，不，自傲了；我们猫人是最重实际的。你看，屈指一算，哪一国的大学毕业生人数也跟不上我们的，事实，大家都满意地微笑了。皇上喜欢这个办法，要不是他热心教育，怎能有这么多大学毕业生？他对得起人民。教员喜欢这个办法，人人是大学教师，每个学校都是最高学府，每个学生都是第一，何等光荣！家长喜欢这个办法，七岁的小泥鬼，大学毕业；子弟聪明是父母的荣耀。学生更不必说了，只要他幸而生在猫国，只要他不在六七岁的时期死了，他总可以得个大学毕业资格。从经济上看呢，这个办法更妙得出奇：原先在初办学校的时候，皇上得年年拿出一笔教育费，而教育出来的学生常和皇上反对为难，这岂不是花钱找麻烦？现在呢，皇上一个钱不要往外拿，而年年有许多大学毕业生，这样的毕业生也不会和皇上过不去。饿死的教员自然不少，大学毕业生人数可增加了呢。原先校长、教员因为挣钱，一天到晚互相排挤，天天总得打死几个，而且有时候鼓动学生乱闹，闹得大家不安；现在皇上不给他们钱，他们还争什么？他们要索薪吧，皇上不理他们，招急了皇上，皇上便派兵打他们的脑勺。他们的后盾是学生，可是学生现在都一入学便毕业，谁去再帮助他们呢。没有人帮助他们闹事，他们只好等着饿死，饿死是老实的事，皇上就是满意教师们饿死。

家长的儿童教育费问题解决了，他们只需把个小泥鬼送到学校里，便算没了他们的事。孩子们在家呢，得吃饭；孩子们入学校呢，也得吃饭；有饭吃，谁肯饿着小孩子；没饭吃呢，小孩也得饿着；上学与不上学是一样的，为什么不去来个大学毕业资格呢？反正书笔和其他费用是没有的，因为入学并不为读书，也就不读书，因为得资格，而且必定得资格。你说这个方法好不好？

为什么还有人当校长与教员呢，你问？

这得说二百年来历史的演进。你看，在原先，学校所设的课程不同，造就出来的人才也就不一样，有的学工，有的学商，有的学农……可是这些人毕业后，干什么呢？学工的是学外国的一点技巧，我们没给他们预备下外国的工业；学商的是学外国的一些方法，我们只有些个小贩子，大规模的事业只要一开张便被军人没收了；学农的是学外国的农业，我们只种迷叶，不种别的；这样的教育是学校与社会完全无关，学生毕业以后可干什么去？只有两条出路：做官与当教员。要做官的必须有点人情势力，不管你是学什么的，只要朝中有人便能一步登天。谁能都有钱有势呢？做不着官的，教书是次好的事业；反正受过新教育的是不甘心去做小工人、小贩子的，渐渐地社会上分成两种人：学校毕业的和非学校毕业的。前者是抱定以做官、做教员为职业，后者是做小工人、小贩子的。这种现象对于政治的影响，我今天先不说；对于教育呢，我们的教育便成了轮环教育。我念过书，我毕业后便去教你的儿女，你的儿女毕业了，又教我的儿女。在学识上永远是那一套东西，在人格上天天有些退步，这怎样讲呢？毕业的越来越多了，除了几个能做官的，其余的都要教书，哪有那么多学校呢？只好闹笑话。轮环教育本来只是为传授那几本不朽之作的教科书，并不讲什么仁义道德，所以为争一个教席，有时候能引起一二年的内战，杀人流血，好像大家真为教育事业拼命似的，其实只为那点薪水。

慢慢地教育经费被皇上、政客、军人，都拿了去，大家开始专做索薪的运动，不去教书。学生呢，看透了先生们是什么东西，也养成了不上课的习惯，于是开始刚才我说的不读书而毕业的运动。这个运动断送了教育经费的命。皇上、政客、军人、家长，全赞助这个运动；反正教育是没用的东西，而教员是无可敬畏的玩意，大家乐得省几个钱呢。但是，学校不能关门，恐怕外国人耻笑；于是入学便算大学毕业的运动成熟了。学校照旧开着，大学毕业人数日见增加，可是一个钱不要花。这是由轮环教育改成普及教育，即等于无教育，可是学校还开着。天大的笑话。

这个运动成熟的时候，做校长与教师的并不因此而减少对于教育的热心，大家还是一天到晚打得不可开交。为什么？原先的学校确是像学校的样子，有桌椅，有财产，有一切的设备；有经费的时候，大家尽量赚钱，校长与教员只好开始私卖公产。争校长：校产少的争校产多的，没校产的争有校产的，又打了个血花乱溅。皇上总是有人心的，既停止了教育经费，怎再好意思禁止盗卖校产，于是学校一个一个地变成拍卖场，到了现在，全变成四面墙围着一块空地。那么，现在为什么还有人愿意做校长、教员呢？不干是闲着，干也是闲着，何必不干呢？再说，有个校长、教员的名衔到底是有用的，由学生升为教员，由教员升为校长，这本来是轮环教育的必遵之路；现在呢，校长、教员既无钱可拿，只好借着这个头衔做升官的阶梯。这样，我们的学校里没教育，可是有学生、有教员、有校长，而且任何学校都是最高学府。学生一听说自己的学校是最高学府，心眼里便麻那么一下，而后天下太平。

学校里既没有教育，真要读书的人怎办呢？恢复老制度——聘请家庭教师教子弟在家中念书。自然，这只有富足的人家才能办到，大多数的儿童还是得到学校里去失学。这个教育的失败把猫国的最后希望打得连影子也没有了。新教育的初一试行是污蔑新学识的时期。新制度必须与新学识一同由外国搬运过来，学识而名之曰新的，显然是学识老在往前进展，日新月异地搜求真理。可是新制度与新学识到了我们这里便立刻长了白毛，像雨天的东西发霉。本来嘛，采取别人家的制度学识最容易像由别人身上割下一块肉补在自己身上，自己觉得只要从别人身上割来一块肉就够了，大家只管割取人家的新肉，而不管肌肉所需的一切养分。取来一堆新知识，而不晓得研究的精神，势必走到轮环教育上去不可。这是污辱新知识，可是，在这个时期，人们确是抱着一种希望，虽然他们以为从别人身上割取一块新肉便会使自己长生不老是错误的，可是究竟他们有这么一点迷信，他们总以为只要新知识一到——不管是多么小的点——他们立刻会与外国一样地兴旺起来。这个梦想与自傲还是可原谅的，多少是有点希冀的。到了现在，人们只知道学校是争校长、打教员、闹风潮的所在，于是他们把这个现象与新知识煮在一个锅里咒骂了：新知识不但不足以强国，而且是毁人的，他们想。这样，由污蔑新知识时期进而为咒骂新知识时期。现在家庭聘请教师教读子弟，新知识一概除外，我们原有的老石头书的价钱增长了十倍。我的祖父非常地得意，以为这是国粹战胜了外国学问。我的父亲高兴了，他把儿子送到外国读书，以为这么一办，只有他的儿子可以明白一切，可以将来帮助他利用新知识去欺骗那些抱着石头书本的人。父亲是精明强干的，他总以为外国的新知识是有用的，可是只要几个人学会便够了，有几个学会外国的把戏，我们便会强盛起来。可是一般的人还是同情祖父：新知识是种魔术邪法，只会使人头眩目晕，只会使儿子打父亲、女儿骂母亲、学生杀教员，一点好处也没有。这咒骂新知识的时期便离亡国时期很近了。

你问，这新教育崩溃的原因何在？我回答不出。我只觉得是因为没有人格。你看，当新教育初一来到的时候，人们为什么要它？是因为大家想多发一点财，而不是想叫子弟多明白一点事，是想多造出点新而好用的东西，不是想叫人们多知道一些真理。这个态度已使教育失去养成良好人格和启发研究精神的主旨的一部分。及至新学校成立了，学校里有人，而无人格，教员为挣钱，校长为挣钱，学生为预备挣钱，大家看学校是一种新式的饭铺；什么是教育，没有人过问。又赶上国家衰弱，社会黑暗，皇上没有人格，政客没有人格，人民没有人格，于是这学校外的没人格又把学校里的没人格加料地洗染了一番。自然，在这贫弱的国家里，许多人连吃还吃不饱，是很难以讲到人格的，人格多半是由经济压迫而堕落的。不错。但是，这不足以做办教育的人们的辩护。为什么要教育？救国。怎样救国？知识与人格。这在一办教育的时候便应打定主意，这在一愿做校长、教师的时候便应该牺牲了自己的那点小利益。也许我对于办教育的人的期许过重了。人总是人，一个教员正和一个妓女一样地怕挨饿。我似乎不应专责备教员，我也确乎不肯专责备他们。但是，有的女人纵然挨饿也不肯当妓女，那么，办教育的难道就不能咬一咬牙做个有人格的人？自然，政府是最爱欺侮老实人的，办教育的人越老实便越受欺侮；可是，无论怎样不好的政府，也要顾及一点民意吧。假如我们办教育的真有人格，造就出的学生也有人格，社会上能永远瞎着眼看不出好坏吗？假如社会看办教育的人如慈父，而造就出的学生都能在社会上有些成就，政府敢轻视教育？敢不发经费？我相信有十年的人格教育，猫国便会变个样子。可是，新教育已办了二百年了，结果？假如在老制度之下能养成一种老实、爱父母、守规矩的人们，怎么新教育会没有相当的好成绩呢？人人说——尤其是办教育的人们——社会黑暗，把社会变白了是谁的责任？办教育的人只怨社会黑暗，而不记得他们的责任是使社会变白了的，不记得他们的人格是黑夜的星光，还有什么希望？！我知道我是太偏，太理想。但是办教育的人是否都应当有点理想？我知道政府、社会太不帮忙他们了，但是谁愿意帮忙与政府、社会中一样坏的人？

你看见了那宰杀教员的？先不用惊异。那是没人格的教育的当然结果。教员没人格，学生自然也跟着没人格。不但是没人格，而且使人们倒退几万年，返回古代人吃人的光景。人类的进步是极慢的，可是退步极快，一时没人格，人便立刻返归野蛮，况且我们办了二百年的学校？在这二百年中天天不是校长与校长或教员打，便是教员与教员或校长打，不是学生与学生打，便是学生与校长、教员打；打是会使人立刻变成兽的，打一次便增多一点野性，所以到了现在，学生宰几个校长或教员是常见的事。你也用不着为校长、教员抱不平，我们的是轮环教育，学生有朝一日也必变成校长或教员，自有人来再杀他们。好在多几个这样的校长、教师与社会一点关系没有，学校里谁杀了谁也没人过问。在这种黑暗社会中，人们好像一生出来便小野兽似的东闻西抓抓，希望搜寻到一点可吃的东西，一粒砂大的一点便宜都足使他们用全力去捉到。这样的一群小人们恰好在学校里遇上那么一群教师，好像一群小饿兽遇见一群老饿兽，他们非用爪牙较量较量不可了，贪小便宜的欲望烧起由原人遗下来的野性，于是为一本书、一片迷叶，都可以打得死尸满地。闹风潮是青年血性的激动，是有可原谅的；但是，我们此处的风潮是另有风味的，借题目闹起来，拆房子毁东西，而后大家往家里搬砖拾破烂，学生心满意足，家长也皆大欢喜。因闹风潮而家中白得了几块砖、一根木棍，风潮总算没有白闹。校长、教师是得机会就偷东西，学生是借机会就拆毁，拆毁完了往家里搬运。校长、教师该死。学生该死。学生打死校长、教师正是天理昭彰，等学生当了校长、教师又被打死也是理之当然，这就是我们的教育。教育能使人变成野兽，不能算没有成绩，哈哈！

第十九章

小蝎是个悲观者。我不能不将他的话打些折扣。但是，学生入学先毕业和屠宰校长、教员，是我亲眼见的；无论我怎样怀疑小蝎的话，我无从与他辩驳。我只能从别的方面探问。

"那么，猫国没有学者?"我问。

"有，而且很多。"我看出小蝎又要开玩笑了。果然，他不等我问便接着说："学者多，是文化优越的表示，可是从另一方面看，也是文化衰落的现象，这要看你怎么规定学者的定义。自然我不会给学者下个定义，不过，假如你愿意看看我们的学者，我可以把他们叫来。"

"请来，你是说?"我矫正他。

"叫来! 请，他们就不来了，你不晓得我们的学者的脾气；你等着看吧! 迷，去把学者们叫几个来，说我给他们迷叶吃。叫星、花们帮着你分头去找。"

迷笑嘻嘻地走出去。

我似乎没有可问的了，一心专等看学者，小蝎拿来几片迷叶，我们俩慢慢地嚼着，他脸上带着点顶淘气的笑意。

迷和星、花，还有几个女的先回来了，坐了个圆圈把我围在当中。大家看着我，都带出要说话又不敢说的神气。

"留神啊，"小蝎向我一笑，"有人要审问你了!"

她们全唧唧地笑起来。迷先说了话：

"我们要问点事，行不行？"

"行。不过，我对于妇女的事可知道得不多。"我也学会小蝎的微笑与口气。

"告诉我们，你们的女子什么样儿？"大家几乎是一致地问。

我知道我会回答得顶有趣味："我们的女子，脸上擦白粉。"大家"噢"了一声。"头发收拾得顶好看，有的长，有的短，有的分缝，有的向后拢，都擦着香水香油。"大家的嘴全张得很大，彼此看了看头上的短毛，又一齐闭上嘴，似乎十二分的失望。"耳朵上挂着坠子，有的是珍珠，有的是宝石，一走道儿坠子便前后地摇动。"大家摸了摸脑勺上的小耳朵，有的——大概是花——似乎要把耳朵揪下来。"穿着顶好看的衣裳，虽然穿着衣裳，可是设法要露出点肌肉来，若隐若现，比你们这全光着的更好看。"我是有点故意与迷们开玩笑："光着身子只有肌肉的美，可是肌肉的颜色太一致，穿上各种颜色的衣裳呢，又有光彩，又有颜色，所以我们的女子虽然不反对赤身，可是就在顶热的夏天也多少穿点东西。还穿鞋呢，皮子的，缎子的，都是高底儿，鞋尖上镶着珠子，鞋跟上绣着花，好看不好看？"我等她们回答。没有出声的，大家的嘴都成了个大写的"O"。"在古时候，我们的女子有把脚裹得这么小的，"我把大指和食指捏在一块比了一比，"现在已经完全不裹脚了，改为——"大家没等我说完这句，一齐出了声："为什么不裹了呢？为什么不裹了呢？糊涂！脚那么小，多么好看，小脚尖上镶上颗小珠子，多么好看！"大家似乎真动了感情，我只好安慰她们："别忙，等我说完！她们不是不裹脚了吗，可是都穿上高底鞋，脚尖在这儿，"我指了指鞋尖，"脚踵在这儿，"我指了指头顶，"把身量能加高五寸。好看哪，而且把脚骨窝折了呢，而且有时候还得扶着墙走呢，而且设若折了一个底儿还一高一低地蹦呢！"大家都满意了，可是越对地球上的女子满意，对她们自己越觉得失望，大家都轻轻地把脚藏在腿底下去了。

我等着她们问我些别的问题。哼，大家似乎被高底鞋给迷住了：

"鞋底有多么高，你说？"一个问。

"鞋上面有花，对不对？"又一个问。

"走起路来咯噔咯噔地响？"又一个问。

"脚骨怎么折？是穿上鞋自然地折了呢，还是先弯折了脚骨再穿鞋？"又一个问。

"皮子做的？人皮行不行？"又一个问。

"绣花？什么花？什么颜色？"又一个问。

我要是会制革和做鞋，当时便能发了财，我看出来。

我正要告诉她们，我们的女子除了穿高底鞋还会做事，学者们来到了。

"迷，"小蝎说，"去预备迷叶汁。"又向花们说，"你们到别处去讨论高底鞋吧。"

来了八位学者，进门向小蝎行了个礼便坐在地上，都扬着脸向上看，连睄我一眼都不屑于。

迷把迷叶汁拿来，大家都慢慢地喝了一大气，闭上眼，好似更不屑于看我了。

他们不看我，正好；我正好细细地看他们。八位学者都极瘦、极脏，连脑勺上的小耳朵都装着两兜儿尘土，嘴角上堆着两堆唾沫，举动极慢，比大蝎的动作还要更阴险稳慢着好多倍。

迷叶的力量似乎达到生命的根源，大家都睁开眼，又向上看着。忽然一位说了话：

"猫国的学者是不是属我第一？"他的眼睛向四外一瞭，捎带着瞭了我一下。

其余的七位被这一句话引得都活动起来，有的搔头，有的咬牙，有的把手指放在嘴里，然后一齐说：

"你第一？连你爸爸算在一块，不，连你祖父算在一块，全是混蛋！"

我以为这是快要打起来了。谁知道，自居第一学者的那位反倒笑了，大概是挨骂挨惯了。

"我的祖父，我的父亲，我自己，三辈子全研究天文，全研究天文，你们什么东西！外国人研究天文用许多器具、镜子，我们世代相传讲究只用肉眼，这还不算本事；我们讲究看得出天文与人生祸福的关系，外国人能懂得这个吗？

昨天我夜观天象，文星正在我的头上，国内学者非我其谁？"

"要是我站在文星下面，它便在我头上！"小蝎笑着说。

"大人说得极是！"天文学家不言语了。

"大人说得极是！"其余的七位也找补了一句。

半天，大家都不出声了。

"说呀！"小蝎下了命令。

有一位发言："猫国的学者是不是属我第一？"他把眼睛向四外一瞭。"天文可算学问？谁也知道，不算！读书必须先识字，字学是唯一的学问。我研究了三十年字学了，三十年，你们谁敢不承认我是第一的学者？谁敢？"

"放你娘的臭屁！"大家一齐说。

字学家可不像天文家那么老实，抓住了一位学者，喊起来："你说谁呢！你先还我债，那天你是不是借了我一片迷叶？还我，当时还我，不然，我要不把你的头拧下来，我不算第一学者！"

"我借你一片迷叶，就凭我这世界著名的学者，借你一片迷叶，放开我，不要脏了我的胳臂！"

"吃了人家的迷叶不认账，好吧，你等着，你等我做字学通论的时候，把你的姓除外，我以国内第一学者的地位告诉全世界，说古字中就根本没有你的姓，你等着吧！"

借吃迷叶而不认账的学者有些害怕了，向小蝎央告：

"大人，大人！赶快借给我一片迷叶，我好还他！大人知道，我是国内第一学者，但是学者是没钱的人。穷既是真的，也许我借过他一片迷叶吃，不过不十分记得。大人，我还得求你一件事，请你和老大人求求情，多放给学者一些迷叶。旁人没迷叶还可以，我们做学者的，尤其我这第一学者，没有迷叶怎能做学问呢？你看，大人，我近来又研究出我们古代刑法确是有活剥皮的一说，我不久便做好一篇文章，献给老大人，求他转递给皇上，以便恢复这个有趣味、有历史根据的刑法。就这一点发现，是不是可算第一学者？字学，什么东西！只有历史是真学问！"

"历史是不是用字写的？还我一片迷叶！"字学家态度很坚决。

小蝎叫迷拿了一片迷叶给历史学家，历史学家掐了一半递给字学家："还你，不该！"

字学家收了半片迷叶，咬着牙说："少给我半片！你等着，我不偷了你的老婆才怪！"

听到"老婆"，学者们似乎都非常地兴奋，一齐向小蝎说：

"大人，大人！我们学者为什么应当一人一个老婆，而急得甚至于想偷别人的老婆呢？我们是学者，大人，我们为全国争光，我们为子孙万代保存祖宗传留下的学问，为什么不应当每人有至少三个老婆呢？"

小蝎没言语。

"就以星体说吧，一个大星总要带着几个小星的，天体如此，人道亦然，我以第一学者的地位证明一人应该有几个老婆的；况且我那老婆的'那个'是不很好用的！"

"就以字体说吧，古时造字多是女字旁的，可见老婆应该是多数的。我以第一学者的地位证明老婆是应该不止一个的；况且……"下面的话不便写录下来。

各位学者依次以第一学者的地位证明老婆是应当多数的，而且全拿出不便写出的证据。我只能说，这群学者眼中的女子只是"那个"。

小蝎一言没发。

"大人想是疲倦了？我们，我们，我们……"

"迷，再给他们点迷叶，叫他们滚！"小蝎闭着眼说。

"谢谢大人，大人体谅！"大家一齐念道。

迷把迷叶拿来，大家乱抢了一番，一边给小蝎行礼道谢，一边互相诟骂，走了出去。

这群学者刚走出去，又进来了一群青年学者。原来他们已在外边等了半天，因为怕和老年学者遇在一处，所以等了半天——新旧学者遇到一处至少要出两条人命的。

这群青年学者的样子好看多了，不瘦，不脏，而且非常地活泼。进来，先向迷行礼，然后又向我招呼，这才坐下。我心中痛快了些，觉得猫国还有希望。

小蝎在我耳旁嘀咕："这都是到过外国几年而知道一切的学者。"

迷拿来迷叶，大家很活泼地争着吃得很高兴，我的心又凉了。

吃过迷叶，大家开始谈话。他们谈什么呢？我是一字不懂！我和小蝎来往已经学得许多新字，可是我听不懂这些学者的话。我只听到一些声音：咕噜吧唧，地冬地冬，花拉夫司基……什么玩意呢？

我有点着急，因为急于明白他们说些什么，况且他们不断地向我说，而我一点答不上，只是傻子似的点头假笑。

"外国先生的腿上穿着什么？"

"裤子。"我回答，心中有点发糊涂。

"什么做的？"一位青年学者问。

"怎么做的？"又一位问。

"穿裤子是表示什么学位呢？"又一位问。

"贵国是不是分有裤子阶级与无裤子阶级呢？"又一位问。

我怎么回答呢？我只好装傻假笑吧！

大家没得到我回答，似乎很失望，都过来用手摸了摸我的破裤子。

看完裤子，大家又咕噜吧唧、地冬地冬、花拉夫司基……起来，我都快闷死了！

好容易大家走了，我才问小蝎，他们说的是什么。

"你问我哪？"小蝎笑着说，"我问谁去呢？他们什么也没说。"

"花拉夫司基？我记得这么一句。"我问。

"花拉夫司基？还有通通夫司基呢，你没听见吗？多了！他们只把一些外国名词联到一处讲话，别人不懂，他们自己也不懂，只是听着热闹。会这么说话的便是新式学者。我知道花拉夫司基这句话在近几天正在走运，无论什么事全是花拉夫司基，父母打小孩子，皇上吃迷叶，学者自杀，全是花拉夫司基。其实这个字当作'化学作用'讲。等你再遇见他们的时候，你只管胡说，花拉夫司基，通通夫司基，大家夫司基，他们便以为你是个学者。只要名词，不必管动词，形容字只需在夫司基下面加个'的'字。"

"看我的裤子又是什么意思呢?"我问。

"迷们问高底鞋，新学者问裤子，一样的作用。青年学者是带些女性的，讲究清洁、漂亮、时髦，老学者讲究直擒女人的那个，新学者讲究献媚。你等着看，过几天青年学者要不都穿上裤子才怪。"

我觉得屋中的空气太难过了，没理小蝎，我便往外走。门外花们一群女子都扶着墙，脚后跟下垫着两块砖头，练习用脚尖走路呢。

第二十章

悲观者是有可取的地方的：他至少要思虑一下才会悲观，他的思想也许很不健全，他的心气也许很懦弱，但是他知道用他的脑子。因此，我更喜爱小蝎一些。对于那两群学者，我把希望放在那群新学者身上，他们也许和旧学者一样的糊涂，可是他们的外表是快乐的、活泼的，只就这一点说，我以为他们是足以弥补小蝎的短处的；假如小蝎能鼓起勇气，和这群青年一样的快乐活泼，我想，他必定会干出些有益于社会国家的事业。他需要几个乐观者做他的助手。我很想多见一见那群新学者，看看他们是否能帮助小蝎。

我从迷们打听到他们的住处。

去找他们，路上经过好几个学校。我没心思再去参观。我并不愿意完全听信小蝎的话，但是这几个学校也全是四面土墙围着一块空地。即使这样的学校能不像小蝎所说的那么坏，我到底不能承认这有什么可看的地方。对于街上来来往往的男女学生，我看他们一眼，眼中便湿一会儿。他们的态度，尤其是岁数大一点的，正和大蝎被七个猫人抬着走的时候一样，非常地傲慢得意，好像他们个个以活神仙自居，而丝毫没觉到他们的国家是世界上最丢脸的国家似的。办教育的人糊涂，才能有这样无知学生，我应当原谅这群青年，但是，二十岁上下的人们居然能一点看不出事来，居然能在这种地狱里非常的得意，非常的傲慢，我真不晓得他们有没有心肝。有什么可得意的呢？我几乎要抓住他们审问了；但是谁有那个闲工夫呢！

我所要找的新学者之中有一位是古物院的管理员，我想我可以因拜访他而顺手参观古物院。古物院的建筑不小，长里总有二三十间房子。门外坐着一位守门的，猫头倚在墙上，正睡得十分香甜。我探头往里看，再没有一个人影。古物院居然可以四门大开，没有人照管着，奇；况且猫人是那么爱偷东西，怪！我没敢惊动那位守门的，自己硬往里走。穿过两间空屋子，遇见了我的新朋友。他非常的快乐、干净、活泼、有礼貌，我不由得十分喜爱他。他的名字叫猫拉夫司基。我知道这绝不是猫国的通行名字，一定是个外国字。我深怕他跟我说一大串带"夫司基"字尾的字，所以我开门见山地对他说明我是要参观古物，求他指导一下。我想，他绝不会把古物也都"夫司基"了；他不"夫司基"，我便有办法。

"请，请，往这边请。"猫拉夫司基非常的快活、客气。

我们进了一间空屋子，他说：

"这是一万年前的石器保存室，按照最新式的方法排列，请看吧。"

我向四围打量了一眼，什么也没有。"又来得邪！"我心里说。还没等发问，他向墙上指了一指，说：

"这是一万年前的一座石罐，上面刻着一种外国字，价值三百万国魂。"

噢，我看明白了，墙上原来刻着一行小字，大概那个价值三百万的石罐在那里陈列过。

"这是一万零一年的一个石斧，价值二十万国魂。这是一万零二年的一套石碗，价值一百五十万。这是……三十万。这是……四十万。"

别的不说，我真佩服他把古物的价值能记得这么烂熟。

又进了一间空屋子，他依然很客气殷勤地说：

"这是一万五千年前的书籍保存室，世界上最古的书籍，按照最新式的编列法陈列。"

他背了一套书名和价值；除了墙上有几个小黑虫，我是什么也没看见。

一气看了十间空屋子，我的忍力叫猫拉夫司基给耗干了，可是我刚要向他道谢告别，到外面吸点空气去，他把我又领到一间屋子，屋子外面站着二十多个人，手里全拿着木棍！里面确是有东西，谢天谢地，我幸而没走，十间空的，一间实的，也就算不虚此行。

"先生来得真凑巧，过两天来，可就看不见这点东西了。"猫拉夫司基十二分殷勤客气地说，"这是一万二千年前的一些陶器，按照最新式的排列方法陈列。一万二千年前，我们的陶器是世界上最精美的，后来，自从八千年前吧，我们的陶业断绝了，直到如今，没有人会造。"

"为什么呢？"我问。

"呀呀夫司基。"

什么意思，呀呀夫司基？没等我问，他继续地说：

"这些陶器是世界上最值钱的东西，现在已经卖给外国，一共卖了三千万万国魂，价钱并不算高，要不是政府急于出售，大概至少可以卖到五千万万。前者我们卖了些不到一万年的石器，还卖到两千万万，这次的协定总算个失败。政府的失败还算小事，我们办事的少得一些回扣是值得注意的。我们指着什么吃饭？薪水已经几年不发了，不仗着出卖古物得些回扣，难道叫我们天天喝风？自然古物出卖的回扣是很大的，可是看管古物的全是新式的学者，我们的日常花费要比旧学者高上多少倍，我们用的东西都来自外国，我们买一件东西都够老读书的人们花许多日子的，这确是一个问题！"猫拉夫司基的永远快乐的脸居然带出些悲苦的样子。

为什么将陶业断绝？呀呀夫司基！出卖古物？学者可以得些回扣。我对于新学者的希望连半点也不能存留了。我没心再细问，我简直不屑于再与他说话了。我只觉得应当抱着那些古物痛哭一场。不必再问了，政府是以出卖古物为财政来源之一，新学者是只管拿回扣和报告卖出的古物价值，这还有什么可问的。但是，我还是问了一句：

"假如这些东西也卖空了，大家再也拿不到回扣，又怎办呢？"

"呀呀夫司基！"

我明白了，呀呀夫司基比小蝎的"敷衍"又多着一万多分的敷衍。我恨猫拉夫司基，更恨他的呀呀夫司基。

吃惯了迷叶是不善于动气的，我居然没打猫拉夫司基两个嘴巴子。我似乎想开了，一个中国人何苦替猫人的事动气呢。我看清了：猫国的新学者只是到过外国，看了些，或是听了些，最新的排列方法。他们根本没有丝毫判断力，根本不懂哪是好，哪是坏，只凭听来的一点新排列方法来混饭吃。陶业绝断了是多么可惜的事，只值得个呀呀夫司基！出售古物是多么痛心的事，还是个呀呀夫司基！没有骨气，没有判断力，没有人格，他们只是在外国去了一遭，而后自号为学者，以便舒舒服服地呀呀夫司基！

我并没向猫拉夫司基打个招呼便跑了出来。我好像听见那些空屋子里都有些呜咽的声音，好像看见一些鬼影都掩面而泣。设若我是那些古物，假如古物是有魂灵的东西，我必定把那出卖我的和那些新学者全弄得七窍流血而亡！

到了街上，我的心平静了些。在这种黑暗社会中，把古物卖给外国未必不是古物的福气。偷盗，毁坏，是猫人最惯于做的事，与其叫他们自己把历史上的宝物给毁坏了，一定不如拿到外国去保存着。不过，这只是对古物而言，而绝不能拿来原谅猫拉夫司基。出卖古物自然不是他一个人的主意，但是他那点恬不知耻的态度是无可原谅的。他似乎根本不晓得什么叫作耻辱。历史的骄傲，据我看，是人类最难消灭的一点根性。可是猫国青年们竟自会丝毫不动感情地断送自家历史上的宝贝，况且猫拉夫司基还是个学者。学者这样，不识字的人们该当怎样呢？我对猫国复兴的希望算是连根烂的一点也没有了。努力过度有时也足以使个人或国家死亡，但是我不能不钦佩因努力而吐血身亡的。猫拉夫司基们只懂得呀呀夫司基，无望！

无心再去会别个新学者了，也不愿再看别的文化机关。多见一个人多减去我对"理想的人"的一分希望，多看一个机关多使我落几点泪，何苦呢！小蝎是可佩服的，他不领着我来看，也不事先给我说明，他先叫我自己看，这是有言外之意的。

路过一个图书馆，我不想进去看，恐怕又中了空城计。从里边走出一群学生来，当然是阅书的了，又引起我的参观欲。图书馆的建筑很不错，虽然看着像年久失修的样子，可是并没有塌倒的地方。

一进大门，墙上有几个好似刚写好的白字："图书馆革命。"图书馆向谁革命呢？我是个不十分聪明的人，不能立刻猜透。往里走了两步，只顾看墙上的字，冷不防我的腿被人抱住了，"救命！"地上有人喊了一声。

地上躺着十来个人呢，抱住我的腿的那位是——我认出来——新学者之一。他们的手脚都捆着呢。我把他们全放开，大家全像放生的鱼一气儿跑出多远去，只剩下那位新学者。

"怎么回事？"我问。

"又革命了！这回是图书馆革命！"他很惊惶地说。

"图书馆革了谁的命？"

"人家革了图书馆的命！先生请看。"他指了指他的腿部。

噢，他原来穿上了一条短裤子。但是穿上裤子与图书馆革命有什么关系呢？

"先生不是穿裤子吗？我们几个学者是以介绍外国学问道德风俗为职志的，所以我们也开始穿裤子。"他说，"这是一种革命事业。"

"革命事业没有这么容易的！"我心里说。

"我穿上裤子，可糟了，隔壁的大学学生见我这革命行为，全找了我来，叫我给他们每人一条裤子。我是图书馆馆长，我卖出去的书向来是要分给学生们一点钱的，因为学生很有些信仰'大家夫司基主义'的。我不能不卖书，不卖书便没法活着，卖书不能不分给他们一点钱，大家夫司基的信仰者是很会杀人的。可是，大家大司基惯了，今天他们看见我穿上裤子，也要大家夫司基，我哪有钱给大家都做裤子，于是他们反革命起来；我穿裤子是革命事业，他们穿不上裤子又来革我的命，于是把我们全绑起来，把我那一点积蓄全抢了去！"

"他们倒没抢图书？"我不大关心个人的得失，我要看的是图书馆。

"不能抢去什么，图书在十五年前就卖完了，我们现在专做整理的工作。"

"没书还整理什么呢？"

"整理房屋，预备革命一下，把图书室改成一座旅馆，名称上还叫图书馆，实际上可以租出去收点租，本来此地已经驻过许多次兵，别人住自然比兵们要规矩一点的。"

我真佩服了猫人，因为佩服他们，我不敢再往下听了；恐怕由佩服而改为骂街了。

第二十一章

　　夜间又下了大雨。猫城的雨似乎没有诗意的刺动力。任凭我怎样地镇定，也摆脱不开一种焦躁不安之感。墙倒屋塌的声音一阵接着一阵，全城好像遇风的海船，没有一处，没有一刻，不在颤战惊恐中。毁灭才是容易的事呢，我想，只要多下几天大雨就够了。我绝不是希望这不人道的事实现，我是替猫人们难过，着急。他们都是为什么活着呢？他们到底是怎么活着呢？我还是弄不清楚；我只觉得他们的历史上有些极荒唐的错误，现在的人们正在为历史的罪过受惩罚，假如这不是个过于空洞与玄幻的想法。

　　"大家夫司基"，我又想起这个字来，反正是睡不着，便醒着做梦玩玩吧。不管这个字，正如旁的许多外国字，有什么意思，反正猫人是受了字的害处不浅，我想。

　　学生们有许多信仰大家夫司基的，我又想起这句话。我要打算明白猫国的一切，我非先明白一些政治情形不可了。我从地球上各国的历史上看清楚：学生永远是政治思想的发酵力；学生，只有学生的心感是最敏锐的；可是，也只有学生的热烈是最浮浅的，假如心感的敏锐只限于接收几个新奇的字眼。假如猫学生真是这样，我只好对猫国的将来闭上眼！只责备学生，我知道，是不公平的，但是我不能不因期望他们而显出责备他们的意思。我必须看看政治了。差不多我一夜没能睡好，因为急于起去找小蝎，他虽然说他不懂政治，但是他必定能告诉我一些历史上的事实；没有这些事实我是无从明白目前的状况的，因为我在此地的日子太浅。

我起来得很早，为的是捉住小蝎。

"告诉我，什么是大家夫司基？"我好像中了迷。

"那便是人人为人人活着的一种政治主义。"小蝎吃着迷叶说，"在这种政治主义之下，人人工作，人人快活，人人安全，社会是个大机器，人人是这个大机器的一个工作者，快乐地安全地工作着的小钉子或小齿轮。的确不坏！"

"火星上有施行这样主义的国家？"

"有的是，行过二百多年了。"

"贵国呢？"

小蝎翻了翻白眼，我的心跳起来了。待了好半天，他说："我们也闹过，闹过，记清楚了；我们向来不'实行'任何主义。"

"为什么'闹过'呢？"

"假如你家中的小孩子淘气，你打了他几下，被我知道了，我便也打我的小孩子一顿，不是因他淘气，是因为你打了孩子所以我也得去打；这对于家务便叫做闹过，对政治也是如此。"

"你似乎是说，你们永远不自己对自己的事想自己的办法，而是永远听见风便是雨地随着别人的意见闹？你们永远不自己盖房子，打个比喻说，而是老租房子住？"

"或者应当说，本来无须穿裤子，而一定要穿，因为看见别人穿着，然后，不自己按着腿的尺寸去裁缝，而只去买条旧裤子。"

"告诉我些个过去的事实吧！"我说，"就是闹过的也好，闹过的也至少引起些变动，是不是？"

"变动可不就是改善与进步？"

小蝎这家伙确是厉害！我微笑了笑，等着他说。他思索了半天：

"从哪里说起呢？！火星上一共有二十多国，一国有一国的政治特色与改革。我们偶尔有个人听说某国政治的特色是怎样，于是大家闹起来。又忽然听到某国政治上有了改革，大家又急忙闹起来。结果，人家的特色还是人家的，人家的改革是真改革了，我们还是我们；假如你一定要知道我们的特色，越闹越糟便是我们的特色。"

"还是告诉我点事实吧，哪怕极没系统呢。"我要求他。

"先说哄吧。"

"哄？什么东西？"

"这和裤子一样，不是我们原有的东西。我不知道你们地球上可有这种东西，不，不是东西，是种政治团体组织——大家联合到一块拥护某种政治主张与政策。"

"有的，我们的名字是政党。"

"好吧，政党也罢，别的名字也罢，反正到了我们这里改称为哄。你看，我们自古以来总是皇上管着大家的，人民是不得出声的。忽然由外国来了一种消息，说：人民也可以管政事；于是大家怎想怎不能逃出这个结论——这不是起哄吗？再说，我们自古以来是拿洁身自好做道德标准的，忽然听说许多人可以组成个党，或是会，于是大家怎翻古书怎找不到个适当的字；只有哄字还有点意思：大家到一处为什么？为的是哄。于是我们便开始哄。我告诉过你，我不懂政治；自从哄起来以后，政治——假如你能承认哄也算政治——的变动可多了，我不能详细地说；我只能告诉你些事实，而且是粗枝大叶的。"

"说吧，粗枝大叶地说便好。"我唯恐他不往下说了。

"第一次政治的改革大概是要求皇上允许人民参政，皇上自然是不肯了，于是参政哄的人们联合了许多军人加入这个运动，皇上一看风头不顺，就把参政哄的重要人物封了官。哄人做了官自然就要专心做官了，把哄的事务忘得一干二净。恰巧又有些人听说皇上是根本可以不要的，于是大家又起哄，非赶跑皇上不可。这个哄叫做民政哄。皇上也看出来了，打算寻个心静，非用以哄攻哄的办法不可了，于是他自己也组织了一个哄，哄员每月由皇上手里领一千国魂。民政哄的人们一看红了眼，立刻屁滚尿流地向皇上投诚，而皇上只允许给他们每月一百国魂。几乎破裂了，要不是皇上最后给添到一百零三个国魂。这些人们能每月白拿钱，引起别人的注意，于是一人一哄，两人一哄，十人一哄，哄的名字可就多多了。"

"原谅我问一句，这些哄里有真正的平民在内没有？"

"我正要告诉你。平民怎能在内呢？他们没受过教育，没知识，没脑子，他们干等着受骗，什么办法也没有。不论哪一哄起来的时候，都是一口一个为国为民。得了官做呢，便由皇上给钱，皇上的钱自然出自人民身上。得不到官做呢，拼命地哄，先是骗人民供给钱，及至人民不受骗了，便联合军人去给人民上脑箍。哄越多人民越苦，国家越穷。"

我又插了嘴："难道哄里就没有好人？就没有一个真是为国为民的？"

"当然有！可是你要知道，好人也得吃饭，革命也还要恋爱。吃饭和恋爱必需钱，于是由革命改为设法得钱，得到钱，有了饭吃，有了老婆，只好给钱做奴隶，永远不得翻身，革命、政治、国家、人民，抛到九霄云外。"

"那么，有职业、有饭吃的人全不做政治运动？"我问。

"平民不能革命，因为不懂，什么也不懂。有钱的人，即使很有知识，不能革命，因为不敢，他只要一动，皇上或军人或哄员便没收他的财产。他老实地忍着呢，或是捐个小官呢，还能保存得住一些财产，虽然不能全部地落住；他要是一动，连根烂。只有到过外国的学校读书的，流氓、地痞、识几个字的军人，才能干政治，因为他们进有所得，退无一失，哄便有饭吃，不哄便没有饭吃，所以革命在敝国成了一种职业。因此，哄了这么些年，结果只有两个显明的现象。第一，政治只有变动，没有改革。这样，民主思想越发达，民众越贫苦。第二，政哄越多，青年们越浮浅。大家都看政治，不管学识，即使有救国的真心，而且拿到政权，也是事到临头白瞪眼！没有应付的能力与知识。这么一来，老人们可得了意，老人们一样没有知识，可是处世的坏主意比青年们多得多。青年们既没真知识，而想运用政治，他们非求老人们给出坏主意不可，所以革命只管革命，真正掌权的还是那群老狐狸。青年自己既空洞，而老人们的主意又极奸狡，于是大家以为政治便是人与人间的敷衍，敷衍得好便万事如意，敷衍得不好便要塌台。所以现在学校的学生不要读书，只要多记几个新字眼，多学一点坏主意，便自许为政治的天才。"

我容小蝎休息了一会儿："还没说大家夫司基呢?"

"哄越多人民越穷，因为大家只管哄，而没管经济的问题。末后，来了大家夫司基——是由人民做起，是由经济的问题上做起。革命了若干年，皇上始终没倒，什么哄上来，皇上便宣言他完全相信这一哄的主张，而且愿做这一哄的领袖；暗中递过点钱去，也就真做了这一哄的领袖，所以有位诗人曾赞扬我们的皇上为'万哄之主'。只有大家夫司基来到，居然杀了一位皇上。皇上被杀，政权真的由哄——大家夫司基哄——操持了；杀人不少，因为这一哄是要根本铲除了别人，只留下真正农民与工人。杀人自然算不了怪事，猫国向来是随便杀人的。假如把不相干的人都杀了，而真的只留下农民与工人，也未必不是个办法。不过，猫人到底是猫人，他们杀人的时候偏要弄出些花样，给钱的不杀，有人代为求情的不杀，于是该杀的没杀，不该杀的倒丧了命。该杀的没杀，他们便混进哄中去出坏主意，结果是天天杀人，而一点没伸明了正义。还有呢，大家夫司基主义是给人人以适当的工作，而享受着同等的酬报。这样主义的施行，第一是要改造经济制度，第二是由教育上培养人人为人人活着的信仰。可是我们的大家夫司基哄的哄员根本不懂经济问题，更不知道怎么创设一种新教育。人是杀了，大家白瞪了眼。他们打算由农民与工人做起，可是他们一点不懂什么是农，哪叫做工。给地亩平均分了一次，大家拿过去种了点迷树；在迷树长成之前，大家只好饿着。工人呢，甘心愿意工作，可是没有工可做。还得杀人，大家以为杀剩了少数的人，事情就好办了；这就好像是说，皮肤上发痒，把皮剥了去便好了。这便是大家夫司基的经过；正如别种由外国来的政治主义，在别国是对病下药的良策，到我们这里便变成自己找罪受。我们自己永远不思想，永远不看问题，所以我们只受革命应有的灾害，而一点得不到好处。人家革命是为施行一种新主张、新计划；我们革命只是为哄，因为根本没有知识；因为没有知识，所以必须由对事改为对人；因为是对人，所以大家都忘了做革命事业应有的高尚人格，而只是大家彼此攻击和施用最卑劣的手段。因此，大家夫司基了几年，除了杀人，只是大家瞪眼；结果，大家夫司基哄的首领又做了皇上。由大家夫司基而皇上，显着多么接不上茬，多么像个噩梦！可是在我们看，这不足为奇，大家本来不懂什么是政治，大家夫司基没有走通，也只好请出皇上；有皇上到底是省得大家分心。到如今，我们还有皇上，皇上还是'万哄之主'，大家夫司基也在这万哄之内。"

小蝎落了泪！

第二十二章

即使小蝎说的都正确，那到底不是个建设的批评；太悲观有什么好处呢？自然我是来自太平快乐的中国，所以我总以为猫国还有希望；没病的人是不易了解病夫之所以那样悲观的。不过，希望是人类应有的——简直地可以说是人类应有的一种义务。没有希望是自弃的表示，希望是努力的母亲。我不信猫人们如果把猫力量集合在一处，而会产不出任何成绩的。有许多许多原因限制着猫国的发展，阻碍着政治入正轨，据我看到的听到的，我深知他们的难处不少，但是猫人到底是人，人是能胜过一切困难的动物。

我决定去找大蝎，请他给介绍几个政治家；假如我能见到几位头脑清楚的人，我也许得到一些比小蝎的议论与批评更切实更有益处的意见。我本应当先去看民众，但是他们那样地怕外国人，我差不多想不出方法与他们接近。没有懂事的人民，政治自然不易清明；可是反过来说，有这样的人民，政治的运用是更容易一些，假如有真正的政治家肯为国为民地去干。我还是先去找我的理想的英雄吧，虽然我是向来不喜捧英雄的脚的。

恰巧赶上大蝎请客，有我；他既是重要人物之一，请的客人自然一定有政治家了，这是我的好机会。我有些日子不到街的这边来了。街上依然是那么热闹，有蚂蚁的忙乱而没有蚂蚁的勤苦。我不知道这个破城有什么吸引力，使人们这样贪恋它；也许是，我继而一想，农村已然完全崩溃，城里至少总比乡下好。只有一样比从前好了，街上已不那么臭了；因为近来时常下雨，老天替他们做了清洁运动。

大蝎没在家，虽然我是按着约定的时间来到的。招待我的是前者在迷林给我送饭的那个人，多少总算熟人，所以他告诉了我："要是约定正午呀，你就晚上来；要是晚上，就天亮来；有时过两天来也行；这是我们的规矩。"我很感谢他的指导，并且和他打听请的客都是什么人，我心中计划着：设若客人们中没有我所希望见的，我便不再来了。"客人都是重要人物，"他说，"不然也不能请上外国人。"好了，我一定得回来，但是上哪里消磨这几点钟的时光呢？忽然我想起个主意：袋中还有几个国魂，掏出来赠给我的旧仆人。自然其余的事就好办了。我就在屋顶上等着，和他讨教一些事情。猫人的嘴是以国魂做钥匙的。

城里这么些人都拿什么做生计呢？这是我的第一个问题。

"这些人？"他指着街上那个人海说，"都什么也不干。"

来得邪，我心里说；然后问他："那么怎样吃饭呢？"

"不吃饭，吃迷叶。"

"迷叶从哪儿来呢？"

"一人做官，众人吃迷叶。这些人全是官们的亲戚朋友。做大官的种迷叶，卖迷叶，还留些迷叶分给亲戚朋友。做小官的买迷叶，自己吃，也分给亲戚朋友吃。不做官的呢，等着迷叶。"

"做官的自然是很多了？"我问。

"除了闲着的都是做官的。我，我也是官。"他微微地笑了笑。这一笑也许是对我轻视他——我揭过他一小块头皮——的一种报复。

"做官的都有钱？"

"有。皇上给的。"

"大家不种地，不做工，没有出产，皇上怎么能有钱呢？"

"卖宝物，卖土地，你们外国人爱买我们的宝物与土地，不愁没有钱来。"

是的，古物院、图书馆……前后合上茬了。

"你，拿你自己说，不以为卖宝物、卖土地，是不好的事？"

"反正有钱来就好。"

"合算着你们根本没有什么经济问题?"

这个问题似乎太深了一些,他半天才回答出:"当年闹过经济问题,现在已没人再谈那个了。"

"当年大家也种地,也做工,是不是?"

"对了。现在乡下已差不多空了,城里的人要买东西,有外国人卖,用不着我们种地与做工,所以大家全闲着。"

"那么,为什么还有人做官?做官总不能闲着呀?做官与不做官总有迷叶吃,何苦去受累做官呢?"

"做官多来钱,除了吃迷叶,还可以多买外国东西,多讨几个老婆。不做官的不过只分些迷叶吃罢了。再说,做官并不累,官多事少,想做事也没事可做。"

"请问,那死去的公使太太怎么能不吃迷叶呢,既是没有别的东西可吃?"

"要吃饭也行啊,不过是贵得很,肉、菜,全得买外国的。在迷林的时候,你非吃饭不可,那真花了我们主人不少的钱。公使太太是个怪女人,她要是吃迷叶,自有人供给她;吃饭,没人供给得起;她只好带着那八个小妖精去掘野草、野菜吃。"

"肉呢?"

"肉可没地方去找,除非有钱买外国的。在人们还一半吃饭一半吃迷叶的时候——这是多少年前的事了——人们已把一切动物吃尽,飞的、走的一概不留,现在你可看见过飞禽或走兽?"

我想了半天,确是没见过动物:"啊,白尾鹰,我见过!"

"是的,只剩下它们了,因为它们的肉有毒,不然,也早绝种了。"

你们这群东西也快……我心里说。我不必往下问了。蚂蚁、蜜蜂是有需要的,可是并没有经济问题。虽然它们没有问题,可是大家本能地操作,这比猫人强得多。猫人已无政治经济可言,可是还免不了纷争捣乱,我不知道哪位上帝造了这么群劣货,既没有蜂、蚁那样的本能,又没有人类的智慧,造他们的上帝大概是有意开玩笑。有学校而没教育，有政客而没政治，有人而没人格，有脸而没羞耻，这个玩笑未免开得太过了。

但是，无论怎说，我非看看那些要人不可了。我算是给猫人想不出高明主意来了，看他们的要人有方法没有吧。问题看着好似极简单：把迷叶平均地分一分，成为一种迷叶大家夫司基主义，也就行了。但这正是走入绝地的方法。他们必须往回走，禁止迷叶，恢复农工，然后才能避免同归于尽。但是，谁能担得起这个重任？他们非由蚊虫、苍蝇的生活法改为人的不可——这一跳要费多大力气，要有多大的毅力与决心！我几乎与小蝎一样地悲观了。

大蝎回来了。他比在迷林的时候瘦了许多，可是更显着阴险、狡诈。对他，我是毫不客气的，见面就问："为什么请客呢？"

"没事，没事，大家谈一谈。"

这一定是有事，我看出来。我要问他的问题很多，可是我不知道怎么这样地讨厌他，见了他我得少说一句便少说一句了。

客人继续地来了。这些人是我向来没看见过的。他们和普通的猫人一点也不同了。一见着我，全说："老朋友，老朋友。"我不客气地声明，我是从地球上来的，这自然是表示"老朋友"的不适当；可是他们似乎把言语中的苦味当作甜的，依然是：老朋友，老朋友。

来了十几位客人。我的运气不错，他们全是政客。

十几位中，据我的观察，可以分为三派：第一派是大蝎派，把"老朋友"说得极自然，可是稍微带着点不得不这么说的神气；这派都是年纪大些的，我想起小蝎所说的老狐狸。第二派的人年岁小一些，对外国人特别亲热有礼貌，脸上老是笑着，而笑得那么空洞，一看便看出他们的骄傲全在刚学会了老狐狸的一些坏招数，而还没能成精作怪。第三派的岁数最小，把"老朋友"说得极不自然，好像还有点羞涩的样子。大蝎特别地介绍这第三派："这几位老朋友是刚从那边过来的。"我不大明白他的意思，可是不好意思细问。过了一会儿，我醒悟过来，所谓"那边"者是学校，这几位必定是刚入政界的新手。我倒要看看这几位刚由那边来的怎样和这些老狐狸打交道。

赴宴，这是，对我头一遭。客人到齐，先吃迷叶，这是我预想得到的。迷叶吃过，我预备好看新花样了。果然来了。大蝎发了话："为欢迎新由那边过来的朋友，今天须由他们点选妓女。"

刚从那边过来的几位，又是笑，又是挤眼，又是羞涩，又是骄傲，都嘟囔着大家夫司基、大家夫司基。我的心好似我的爱人要死那么痛。这就是他们的大家夫司基！在那边的时候是一嘴的新主张与夫司基，刚到，刚到这边便大家夫司基妓女！完了，什么也不说了，我只好看着吧！

妓女到了，大家重新又吃迷叶。吃过迷叶，青年的政客脸上在灰毛下都透过来一些粉红色，偷眼看着大蝎。大蝎笑了。"诸位随便吧，"他说，"请，随便，不客气。"他们携着妓女的手都走到下层去，不用说，大蝎已经给他们预备好行乐的地方。

他们下去，大蝎向老年、中年的政客笑了笑。他说："好了，他们不在眼前，我们该谈正经事了。"

我算是猜对了，请客一定是有事。

"诸位都已经听说了？"大蝎问。

老年的人没有任何表示，眼睛好像省察着自己的内心。中年的有一位刚要点头，一看别人，赶快改为扬头看天。

我哈哈地笑起来。

大家更严重了，可是严重地笑起来，意思是陪着我笑——我是外国人。

待了好久，到底还是一位中年的说："听见了一点，不知道，绝对不知道，是否可靠。"

"可靠！我的兵已败下来了！"大蝎确是显着关切，或者因为是他自己的兵败下来了。

大家又不出声了。呆了许久，大家连出气都缓着劲，好像唯恐伤了鼻须。

"诸位，还是点几个妓女陪陪吧？"大蝎提议。

大家全活过来了："好的，好的！没女人没良策，请！"

又来了一群妓女。大家非常的快活。

太阳快落了，谁也始终没提一个关于政治的事。

"谢谢，谢谢，明天再会！"大家全携着妓女走去。

那几位青年也由下面爬上来，脸色已不微红，而稍带着灰绿。他们连声"谢谢"也没说，只嘟囔着大家夫司基。

我想：他们必是发生了内战，大蝎的兵败了，请求大家帮忙，而他们不愿管。假如我猜得不错，没人帮助大蝎也未必不是件好事。可是大蝎的神气很透着急切，我临走问了他一句："你的兵怎么败下来了？"

"外国打进来了！"

死国

第二十三章

太阳还没完全落下去，街上已经连个鬼也没有了。可是墙上已写好了大白字："彻底抵抗！""救国便是救自己！""打倒吞并夫司基！"……我的头晕得像转欢了的黄牛！

在这活的死城里，我觉得空气非常的稀少，虽然路上只有我一个人。"外国打进来了！"还在我的耳中响着，好似报死的哀钟。为什么呢？不晓得。大蝎显然是吓昏了，不然他为什么不对我详细地说呢？可是，吓昏了还没忘记应酬，还没忘记召妓女，这便不是我所能了解的了。至于那一群政客，外国打进来，而能高兴地玩妓女，对国事一字不提，更使我没法明白猫人的心到底是怎样长着的了。

我只好去找小蝎，他是唯一的明白人，虽然我不喜欢他那悲观的态度！可是，我能还怨他悲观吗，在看见这些政客以后？

太阳已落了，一片极美的明霞在余光里染红了半天。下面一线薄雾，映出地上的惨寂，更显出天上的光荣。微风吹着我的胸与背，连声犬吠也听不到，原始的世界大概也比这里热闹一些吧，虽然这是座大城！我的眼泪整串地往下流了。到了小蝎的住处。进到我的屋中，在黑影中坐着一个人，虽然我看不清他是谁，但是我看得出他不是小蝎，他的身量比小蝎高着许多。

"谁？"他高声地问了一声。由他的声音我断定了，他不是个平常的猫人，平常的猫人就没有敢这样理直气壮地发问的。

"我是地球上来的那个人。"我回答。

"噢，地球先生，坐下！"他的口气有点命令式的，可是爽直使人不至于难堪。

"你是谁？"我也不客气地问，坐在他的旁边。因为离他很近，我可以看出他不但身量高，而且是很宽。脸上的毛特别地长，似乎把耳鼻口等都遮住，只在这团毛中露着两只极亮的眼睛，像鸟巢里的两个发亮的卵。

"我是大鹰，"他说，"人们叫我大鹰，并不是我的真名字。大鹰？因为人们怕我，所以送给我这个名号。好人，在我们的国内，是可怕的，可恶的，因此——大鹰！"

我看了看天上，黑上来了，只有一片红云，像朵孤独的大花，恰好在大鹰的头上。我呆了，想不起问什么好，只看着那朵孤云，心中想着刚才那片光荣的晚霞。

"白天我不敢出来，所以我晚上来找小蝎。"他自动地说。

"为什么白天不？"我似乎只听见那前半句，就这么重了一下。

"没有一个人，除了小蝎，不是我的敌人，我为什么白天出来找不自在呢？我并不住在城里，我住在山上，昨天走了一夜，今天藏了一天，现在才到了城里。你有吃食没有？已经饿了一整天。"

"我只有迷叶。"

"不，饿死也好，迷叶是不能动的！"他说。

有骨气的猫人，这是在我经验中的第一位。我喊迷，想叫她设法。迷在家呢，但是不肯过来。

"不必了，她们女人也全怕我。饿一两天不算什么，死已在目前，还怕饿？"

"外国打进来了？"我想起这句话。

"是的，所以我来找小蝎。"他的眼更亮了。

"小蝎太悲观，太浪漫。"我本不应当这样批评我的好友，可是爽直可以掩过我的罪过。

"因他聪明，所以悲观。第二样，太什么？不懂你的意思。不论怎么着吧，设若我要找个与我一同死去的，我只能找他。悲观人是怕活着，不怕去死。我们的人民全很快乐地活着，饿成两张皮也还快乐，因为他们天生来不会悲观，或者说天生来没有脑子。只有小蝎会悲观，所以他是第二个好人，假如我是第一个。"

"你也悲观？"我虽然以为他太骄傲，可是我不敢怀疑他的智慧。

"我？不！因为不悲观，所以大家怕我、恨我；假如能和小蝎学，我还不致被赶入山里去。小蝎与我的差别只在这一点上。他厌恶这些没脑子、没人格的人，可是不敢十分得罪他们。我不厌恶他们，而想把他们的脑子打明白过来，叫他们知道他们还不大像人，所以得罪了他们。真遇到大危险了，小蝎是与我一样不怕死的。"

"你先前也是做政治的？"我问。

"是。先从我个人的行为说起：我反对吃迷叶，反对玩妓女，反对多娶老婆。我也劝人不吃迷叶、不玩妓女、不多娶老婆。这样，新人、旧人全叫我得罪尽了。你要知道，地球先生，凡是一个愿自己多受些苦，或求些学问的，在我们的人民看，便是假冒为善。我自己走路，不叫七个人抬着我走，好，他们绝不看你的甘心受苦，更不要说和你学一学，他们会很巧妙地给你加上'假冒为善'！做政客的口口声声是经济这个，政治那个；做学生的是口口声声这个主义，那个夫司基；及至你一考问他们，他们全白瞪眼，及至你自己真用心去研究，得，假冒为善。平民呢，你要给他一个国魂，他笑一笑；你要说，少吃迷叶，他瞪你一眼，说你假冒为善。上自皇上，下至平民，都承认做坏事是人生大道，做好事与受苦是假冒为善，所以人人想杀了我，以除去他们所谓的假冒为善。在政治上，我以为无论哪个政治主张，必须由经济问题入手，无论哪种政治改革，必须具有改革的真诚。可是我们的政治家就没有一个懂得经济问题的，就没有一个真诚的，他们始终以政治为一种把戏，你要我一下，我挤你一下，于是人人谈政治，而始终没有政治，人人谈经济，而农工已完全破产。在这种情形之下，有一个人，像我自己，打算以知识及人格为做政治的基础——假冒为善！不加我以假冒为善的罪状，他们便须承认他们自己不对，承认自己不对是建设的批评，没人懂。在许多年前，政治的颓败是经济制度不良的结果；现在，已无经济问题可言，打算恢复猫国的尊荣，应以人格为主；可是，人格一旦失去，想再恢复，与使死人复活的希望一样微小。在最近的几十年中，我们的政治变动太多了，变动一次，人格的价值低落一次，坏的必得胜，所以现在都希望得最后的胜利，那就是说，看谁最坏。我来谈人格，这个字刚一出口便招人吐我一脸唾沫。主义在外国全是好的，到了我们手里全变成坏的，无知与无人格使天粮变成迷叶！可是，我还是不悲观，我的良心比我，比太阳，比一切，都大！我不自杀，我不怕反对。遇上有我能尽力的地方，我还是干一下。明知无益，可是我的良心，刚才说过，比我的生命大得多。”

大鹰不言语了，我只听着他的粗声喘气。我不是英雄崇拜者，可是我不能不钦佩他；他是个被万人唾骂的，这样的人不是立在浮浅的崇拜心理上的英雄，而是个替一切猫人雪耻的牺牲者，他是个教主。

小蝎回来了。他向来没这么晚回来过，这一定是有特别的事故。

“我来了！”大鹰立起来，扑过小蝎去。

“来得好！”小蝎抱住大鹰。二人痛哭起来。

我知道事情是极严重了，虽然我不明白其中的底细。

“但是，”小蝎说，他似乎知道大鹰已经明白一切，所以从半中腰里说起，“你来并没有多少用处。”

“我知道，不但没用，反有碍于你的工作，但是我不能不来；死的机会到了。”大鹰说。两个人都坐下了。

“你怎么死？”小蝎问。

“死在战场的虚荣，我只好让给你。我愿不光荣的死，可是死得并非全无作用。你已有了多少人？”

"不多。父亲的兵，没打全退下来了。别人的兵也预备退，只有大蝇的人或者可以听我调遣；可是，他们如果听到你在这里，这'或者'便无望了。"

"我知道，"大鹰极镇静地说，"你能不能把你父亲的兵拿过来？"

"没有多少希望。"

"假如你杀一两个军官，示威一下呢？"

"我父亲的军权并没交给我。"

"假如你造些谣，说：我有许多兵，而不受你的调遣——"

"那可以，虽然你没有一个兵，可是我说你有十万人，也有人相信。还怎样？"

"杀了我，把我的头悬在街上，给不受你调遣的兵将下个警告，怎样？"

"方法不错，只是我还得造谣，说我父亲已经把军权让给我。"

"也只好造谣，敌人已经快到了，能多得一个兵便多得一个。好吧，朋友，我去自尽吧，省得你不好下手杀我。"大鹰抱住了小蝎，可是谁也没哭。

"等等！"我的声音已经岔了，"等等！你们二位这样做，究竟有什么好处呢？"

"没有好处。"大鹰还是非常镇静，"一点好处也没有。敌人的兵多，器械好，出我们全国的力量也未必战胜。可是，万一我们俩的工作有些影响呢，也许就是猫国的一大转机。敌人是已经料到，我们绝不敢，也不肯，抵抗；我们俩，假如没有别的好处，至少给敌人这种轻视我们一些惩戒。假如没人响应我们呢，那就很简单了：猫国该亡，我们俩该死，无所谓牺牲，无所谓光荣，活着没做亡国的事，死了免做亡国奴，良心是大于生命的，如是而已。再见，地球先生。"

"大鹰，"小蝎叫住他，"四十片迷叶可以死得舒服些。"

"也好，"大鹰笑了，"活着为不吃迷叶，被人指为假冒为善；死时为吃迷叶，好为人们证实我是假冒为善，生命是多么曲折的东西！好吧，叫迷拿迷叶来。我也不用到外边去了，你们看着我断气吧。死时有朋友在面前到底觉得多些人味。"

迷把迷叶拿来，转身就走了。

大鹰一片一片地嚼食，似乎不愿再说什么。

　　"你的儿子呢?"小蝎问，问完似乎又后悔了，"噢，我不应当问这个!"

　　"没关系，"大鹰低声地说，"国家将亡，还顾得儿子?"他继续地吃，渐渐地嚼得很慢了，大概嘴已麻木过去。

　　"我要睡了。"他极慢地说。说完倒在地上。

　　待了半天，我摸了摸他的手，还很温软。他极低微地说了声:"谢谢!"这是他的末一句话。虽然一直到夜半他还未曾断气，可是没再发一语。

第二十四章

大鹰的死——我不愿用"牺牲"，因为他自己不以英雄自居——对他所希望的作用是否实现，和，假如实现，到了什么程度，一时还不能知道。我所知道的是：他的头确是悬挂起来，"看头去"成为猫城中一时最流行的三个字。我没肯看那头，可是细心地看了看参观人头的大众。小蝎已不易见到，他忙得连迷也不顾得招呼了，我只好到街上去看看。城中依然很热闹，不，我应当说更热闹：有大鹰的头可看，这总比大家争看地上的一粒石子更有趣了。在我到了悬人头之处以前，听说，已经挤死了三位老人、两个女子。猫人为满足视官而牺牲是很可佩服的。看的人们并不批评与讨论，除了拥挤与互骂似乎别无作用。没有人问：这是谁？为什么死？没有。我只听见些，脸上的毛很长。眼睛闭上了。只有头，没身子，可惜！

设若大鹰的死只惹起这么几句评断，他无论怎说是死对了；和这么群人一同活着有什么味儿呢。

离开这群人，我向皇宫走去，那里一定有些值得看的，我想。路上真难走。音乐继续不断地吹打，过了一队又一队，人们似乎看不过来了，又顾着细看人头，又舍不得音乐队，大家东撞撞西跑跑，似乎很不满意只长着两只眼睛。由他们的喊叫，我听出来，这些乐队都是结婚的迎娶前导。人太多，我只能听见吹打，看不见新娘子是坐轿，还是被七个人抬着。我也无意去看，我倒是要问问，为什么大难当头反这么急于结婚呢？没地方去问；猫人是不和外国人讲话的。回去找迷。她正在屋里哭呢，见了我似乎更委屈了，哭得已说不出话。我劝了她半天，她才住声，说：

"他走了，打仗去了，怎么好！"

"他还回来呢，"我虽然是扯谎，可是也真希望小蝎回来，"我还要跟他一同去呢。他一定回来，我好和他一同走。"

"真的？"她带着泪笑了。

"真的。你跟我出去吧，省得一个人在这儿哭。"

"我没哭，"迷擦了擦眼，扑上点白粉，和我一同出来。

"为什么现在这么多结婚的呢？"我问。

假如能安慰一个女子，使她暂时不哭，是件功绩，我只好以此原谅我的自私；我几乎全没为迷设想——小蝎战死不是似乎已无疑了么——只顾满足我的好奇心。到如今我还觉得对不起她。

"每次有乱事，大家便赶快结婚，省得女的被兵丁给毁坏了。"迷说。

"可是何必还这样热闹地办呢？"我心中是专想着战争与灭亡。

"要结婚就得热闹，乱事是几天就完的，婚事是终身的。"到底还是猫人对生命的解释比我高明。她继续着说："咱们看戏去吧。"她信了我的谎话以后便忘了一切悲苦："今天外务部长娶儿媳妇，在街上唱戏。你还没看过戏？"

我确是还没看过猫人的戏剧，可是我以为去杀了在这种境况下还要唱戏的外务部长是比看戏更有意义。虽然这么想，我到底不是去杀人的人，因此也就不妨先去看戏。近来我的辩证法已有些猫化了。

外务部长的家外站满了兵。戏已开台，可是平民们不得上前；往前一挤，头上便啪的一声挨一大棍。猫兵确是会打——打自家的人。迷是可以挤进去的，兵们自然也不敢打我，可是我不愿近前去看，因为唱和吹打的声音在远处就觉着难听，离近了还不定怎样刺耳呢。

听了半天，只听到乱喊乱响，不客气地说，我对猫戏不能欣赏。

"你们没有比这再安美、雅趣一点的戏吗？"我问迷。

"我记得小时候听过外国戏，比这个雅趣。可是后来因为没人懂那种戏，就没人演唱了。外务部长他自己就是提倡外国戏的，可是后来听一个人——个外国人——说，我们的戏顶有价值，于是他就又提倡旧戏了。"

"将来再有个人——一个外国人——告诉他，还是外国戏有价值呢？"

"那也不见得他再提倡外国戏。外国戏确是好，可是深奥。他提倡外国戏的时候未必真明白它的深妙处，所以一听人说我们的戏好，他便立刻回过头来。他根本不明白戏剧，可是愿得个提倡戏剧的美名，那么，提倡旧戏是又容易，又能得一般人的爱戴，一举两得，为什么不这样干呢？我们有许多事是这样，新的一露头就完事，旧的因而更发达；真能明白新的是不容易的事，我们也就不多费那份精神。"

迷是受了小蝎的传染，我猜，这绝不会是她自己的意见；虽然她这么说，可是随说随往前挤。我自然不便再叮问她。又看了会儿，我实在受不住了。

"咱们走吧！"我说。

迷似乎不愿走，可是并没坚执，大概因为说了那片话，不走有些不好意思。

我要到皇宫那边看看，迷也没反对。

皇宫是猫城里最大的建筑，可不是最美的。今天宫前特别的难看：墙外是兵，墙上是兵，没有一处没有兵。这还不算，墙上堆满了烂泥，墙下的沟渠填满了臭水。我不明白这烂泥、臭水有什么作用，问迷。

"外国人爱干净，"迷说，"所以每逢听到外国人要打我们来，皇宫外便堆上泥，放上臭水；这样，即使敌人到了这里，也不能立刻进去，因为他们怕脏。"

我连笑都笑不上来了！

墙头上露出几个人头来。待了好人半天，他们爬上来，全骑在墙上了。迷似乎很兴奋："上谕！上谕！"

"哪儿呢？"我问。

"等着！"

等了多大工夫，腿知道；我站不住了。

又等了许久，墙上的人系下一块石头来，上面写着白字。迷的眼力好，一边看一边"哟"。

"到底什么事？"我有些着急。

"迁都！迁都！皇上搬家！坏了，坏了！他不在这里，我可怎办呢！"迷是真急了。本来，小蝎不在此地，叫她怎办呢！

我正要安慰她，墙上又下来一块石板。"快看！迷！"

"军民人等不准随意迁移，只有皇上和官员搬家。"她念给我听。

我很佩服这位皇上，只希望他走在半路上一跤跌死。可是迷反倒喜欢了：

"还好，大家都不走，我就不害怕了！"

我心里说，大家怎能不走呢，官们走了，大家在此地哪里得迷叶吃呢。正这么想，墙上又下来一块上谕。迷又读给我听：

"从今以后，不许再称皇上为'万哄之主'。大难临头，全国人民应一心一德，应称皇上为'一哄之主'。"迷加了一句："不哄敢情就好了！"然后往下念："凡我军民应一致抵抗，不得因私误国！"我加上了一句："那么，皇上为什么先逃跑呢？"

我们又等了半天，墙上的人爬下去，大概是没有上谕了。迷要回去，看看小蝎回来没有。我打算去看看政府各机关，就是进不去，也许能在外边看见一些命令。我与她分手，她往东，我往西。东边还是那么热闹，娶亲的、唱戏的音乐远射着刺耳的嘈杂。西边很清静，虽然下了极重要的谕旨，可是没有多少人来看，好像看结婚的是天下第一件要事。

我特别注意外务部。可是衙门外没有一个人。等了半天，不见一个人出来。是的，部长家里办喜事，当然没人来办公；特别是在这外交吃紧的时节。不过，猫人有没有外交，还是个问题，虽然有这么个外务部。没人，我要不客气了，进去看看。里面真没有人。屋子也并没关着。我可以自由参观了。屋子里什么也没有，除了堆着一些大石板，石板上都刻着"抗议"。我明白了：所谓外交者一定就是无论发生了什么事便送去一块"抗议"，外交官便是抗议专家。我想找到些外国给猫人的公文；找不到。大概对猫人的"抗议"，人家是永远置之不理的。也别说，这样的外交确是简单省事。

不用再看别的衙门了，外务部既是这么简单，别的衙门里还许连块像"抗议"的石头也没有呢。

出来还往西走，衙门真多：妓女部、迷叶所、留洋部、抵制外货局、肉菜厅、孤儿公卖局……这不过是几个我以为特别有趣的名字，我看不懂的还多着呢。除了闲着便是做官，当然得多设一些衙门；我以为多，恐怕猫人还以为不够呢。

一直往西走。这是我第一次走到西头。想到外国城去看看，不，还是回去看看小蝎回来没有。我改由街的那一边往回走。没遇上多少学生，大概都看人头与听戏去了。可是，走了半天，遇见一群学生，都在地上跪着，面前摆着一大块石头，上边写着几个白字："马祖大仙之神位。"我知道，过去一问，他们准跑得一干二净；我轻轻地溜到后边，也下跪，听他们讲些什么。

最前面的立起来一个，站在石头前面向大家喊："马祖主义万岁！大家夫司基万岁！扑罗普落扑拉扑万岁！"大家也随着喊。喊过之后，那个人开始对大家说话，大家都坐在地上。他说："我们要打倒大神，专信马祖大仙！我们要打倒家长，打倒教员，恢复我们的自由！我们要打倒皇上，实行大家夫司基！我们欢迎侵伐我们的外国人，他们是扑罗普落扑拉扑！我们现在就去捉皇上，把他献给我们的外国同志！这是我们唯一的机会，马上就要走。捉到了皇上，然后把家长、教员杀尽，杀尽！杀尽他们，迷叶全是我们的，女子都是我们的，人民也都是我们的，做我们的奴隶！大家夫司基是我们的，马祖大仙说过：扑罗普落扑拉扑是地冬地冬的呀呀者的上层下层花拉拉！我们现在就到皇宫去！"

大家并没动。"我们现在就走！"大家还是不动。

"好不好大家先回家杀爸爸？"有一位建议，"皇宫的兵太多，不要吃眼前亏！"

大家开始要往起站。

"坐下！那么，先回家杀爸爸？"

大家彼此问答起来。

"杀了爸爸，谁给迷叶吃？"有一位这样问。

"正是因为把迷叶都拿到手才杀爸爸！"有一位回答。

"现在我们的主张已不一致，可以分头去做：杀皇上派的去杀皇上，杀爸爸派的去杀爸爸。"又是一个建议。

"但是马祖大仙只说过杀皇上的观识大加油，没有说过杀爸爸——"

"反革命！"

"杀了那错解马祖大仙的神言的！"

我以为这是快打起来了。待了半天，谁也没动手，可是乱得不可开交。慢慢地一群分为若干小群，全向马祖大仙的神位立着嚷。又待了半天，一个人一组了，依旧向着石头嚷。嚷来嚷去，大家嚷得没力气了，努着最后的力量向石头喊了声："马祖大仙万岁！"各自散去。

什么把戏呢？

第二十五章

对猫人我不愿再下什么批评；批评一块石头不能使它成为美妙的雕刻。凡是能原谅的地方便加倍地原谅；无可原谅的地方只好归罪于他们国的风水不大好。

我去等小蝎，希望和他一同到前线上去看看。对火星上各国彼此间的关系，我差不多完全不晓得。问迷，她只知道外国的粉比猫人造得更细更白。此外，一问一个摇头。摇头之后便反攻："他怎还不回来呢?!"我不能回答这个问题，可是我愿为全世界的妇女祷告：世界上永不再发生战争！

等了一天，他还没回来。迷更慌了。猫城做官的全走净了，白天街上也不那么热闹了，虽然还有不少参观大鹰的人头的。打听消息是不可能的事；没人晓得国事，虽然"国"字在这里用得特别地起劲：迷叶是国食，大鹰是国贼，沟里的臭泥是国泥……有心到外国城去探问，又怕小蝎在这个当儿回来。迷是死跟着我，口口声声："咱们也跑吧？人家都跑了！花也跑了！"我只有摇头，说道不出来什么。

又过了一天，他回来了。他脸上永远带着的那点无聊而快活的神气完全不见了。迷喜欢得连一句话也说不出，只带着眼泪盯着他的脸。我容他休息了半天才敢问："怎样了？"

"没希望!"他叹了口气。

迷看我一眼，看他一眼，蓄足了力量把句早就要说而不敢说的话挤出来："你还走不走？"

小蝎没看着她，摇了摇头。

我不敢再问了，假如小蝎是说谎呢，我何必因追问而把实话套出来，使迷伤心呢！自然迷也不见得就看不出来小蝎是否骗她。

休息了半天，他说去看他的父亲。迷一声不出，可是似乎下了决心跟着他。小蝎有些转磨；他的谎已露出一大半来了。我要帮助他骗迷，但是她的眼神使我退缩回来。小蝎还在屋里转，迷真闷不住了："你上哪里我上哪里！"随着流下泪来。小蝎低着头，似乎想了半天："也好吧！"

我该说话了："我也去！"

当然不是去看大蝎。

我们往西走，一路上遇见的人都是往东的，连军队也往东走。

"为什么敌人在西边而军队往东呢？"我不由得问出来。

"因为东边平安！"小蝎咬牙的声音比话响得多。

我们遇见了许多学者，新旧派分团往东走，脸上带着非常高兴的神气。有几位过来招呼小蝎："我们到东边去见皇帝！开御前学者会议！救国是大家的事，主意可是得由学者出，学者！前线上到底有多少兵？敌人是不是要占领猫城？假如他们有意攻猫城，我们当然劝告皇帝再往东迁移，当然的！光荣的皇上，不忘记学者！光荣的学者，要尽忠于皇帝！"小蝎一声没出。学者被皇上召见的光荣充满，毫不觉得小蝎的不语是失礼。这群学者过去，小蝎被另一群给围上；这一群人的脸上好像都是刚死了父亲，神气一百二十分的难看："帮帮我们！大人！为什么皇上召集学者会议而没有我们？我们的学问可比那群东西的低？我们的名望可比那群东西的小？我们是必须去的，不然，还有谁再称我们为学者？大人，求你托托人情，把我们也加入学者会议！"小蝎还是一语没发。学者们急了："大人要是不管，可别怪我们批评政府，叫大家脸上无光！"小蝎拉着迷就走，学者都放声哭起来。

又来了军队，兵丁的脖子上全拴着一圈红绳。我一向没见过这样的军队，又不好意思问小蝎，我知道他已经快被那群学者气死了。小蝎看出我的心意来，他忽然疯了似的狂笑："你不晓得这样的是什么军队？这就是国家夫司基军。别国有过这样的组织，脖子上都戴红绳做标志。国家夫司基军，在别国，是极端的爱国，有国家没个人。一个褊狭而热烈的夫司基。我们的红绳军，你现在看见了，也往平安地方调动呢，大概因为太爱国了，所以没法不先谋自己的安全，以免爱国军的解体。被敌人杀了还怎能再爱国呢？你得想到这一层！"小蝎又狂笑起来，我有点怕他真是疯了。我不敢再说什么，只一边走一边看那红绳军。在军队的中心有个坐在十几个兵士头上的人，他项上的红绳特别的粗。小蝎看了他一眼，低声向我说："他就是红绳军的首领！他想把政府一切的权柄全拿在他一人手里，因为别国有因这么办而强盛起来的。现在他还没得到一切政权，可是他比一切人全厉害——我所谓的厉害便是狡猾。我知道他这是去收拾皇上，实行独揽大权的计划，我知道！"

"也许那么着猫国可以有点希望？"我问。

"狡猾是可以得政权，不见得就能强国，因为他以他的志愿为中心，国家两个字并不在他的心里。真正爱国的是向敌人洒血的。"

我看出来：敌人来到是猫人内战的引火线。我被红绳军的红绳弄花了眼，看见一片红而不光荣的血海，这些军人在里边泅泳着。

我们已离开了猫城。我心里不知为什么有个不能再见这个城的念头。又走了不远，遇见一群猫人，对于我这又是很新奇的：他们的身量都很高，样子特别的傻，每人手里都拿着根草。迷，半天没说一句话，忽然出了声："好啦，西方的大仙来了！"

"什么？"小蝎，对迷向来没动过气的，居然是声色俱厉了！迷赶紧改嘴："我并不信大仙！"

我知道因我的发问可以减少他向迷使气："什么大仙？"

小蝎半天也没回答我，可是忽然问了我一句：

"你看，猫人的最大缺点在哪里？"

这确是个难以回答的问题，我一时回答不出。

小蝎自己说了："糊涂！"我知道他不是说我糊涂。

又待了半天，小蝎说："你看，朋友，糊涂是我们的要命伤。在猫人里没有一个是充分明白任何事体的。因此他们在平日以模仿别人表示他们多知多懂，其实是不懂装懂。及至大难在前，他们便把一切新名词撇开，而翻着老底把那最可笑的、最糊涂的东西——他们的心灵底层的岩石——拿出来，因为他们本来是空洞的，一着急便显露了原形，正如小孩急了便喊妈一样。我们的大家夫司基的信徒一着急便喊马祖大仙，而马祖大仙根本是个最不迷信的人。我们的革命家一着急便搬运西方大仙，而西方大仙是世上最没仙气、最糊涂的只会拿草棍的人。问题是没有人懂得，等到问题非立待解决不可了，大家只好求仙。这是我们必亡的所以然，大家糊涂！经济、政治、教育、军事等等不良足以亡国，但是大家糊涂足以亡种，因为世上没有人以人对待糊涂像畜类的人的。这次，你看着，我们的失败是无疑的了；失败之后，你看着，敌人非把我们杀尽不可，因为他们根本不拿人对待我们，他们杀我们正如屠宰畜类，而且绝不至于引起别国的反感，人们看杀畜类是不十分动心的；人是残酷的，对他所不崇敬的——他不崇敬糊涂人——是毫不客气地去杀戮的。你看着吧！"

我真想回去看看西方大仙到底去做些什么，可是又舍不得小蝎与迷。

在一个小村里我们休息了一会儿。所谓小村便是只有几处塌倒的房屋，并没有一个人。

"在我的小时候，"小蝎似乎想起些过去的甜蜜，"这里是很大的一个村子。这才几年的工夫，连个人影也看不到了。灭亡是极容易的事！"他似乎是对他自己说呢，我也没细问他这小村所以灭亡的原因，以免惹他伤心。我可以想象到：革命，革命，每次革命要战争，而后谁得胜谁没办法，因为只顾革命而没有建设的知识与热诚，于是革命一次增多一些军队，增多一些害民的官吏；在这种情形之下，人民工作也是饿着，不工作也是饿着，于是便逃到大城里去，或是加入只为得几片迷叶的军队，这一村的人便这样死走逃亡净尽。革命而没有真知识，是多么危险的事呢！什么也救不了猫国，除非他们知道了糊涂是他们咽喉上的绳子。

　　我正在这么乱想，迷忽然跳起来了："看那边！"

　　西边的灰沙飞起多高，像忽然起了一阵怪风。

　　小蝎的唇颤动着，说了声："败下来了！"

第二十六章

"你们藏起去!"小蝎虽然很镇静,可是显出极关切的样子,他的眼向来没有这么亮过。"我们的兵上阵虽不勇,可是败下来便疯了。快藏起去!"他面向着西,可是还对我说:"朋友,我把迷托付给你了!"他的脸还朝着西,可是背过一只手来,似乎在万忙之中还要摸一摸迷。

迷拉住他的手,浑身哆嗦着说:"咱们死在一处!"

我是完全莫名其妙。带着迷藏起去好呢,还是与他们两个同生死呢?死,我是不怕的;我要考虑的是哪个办法更好一些。我知道:设若有几百名兵和我拼命,我那把手枪是无用的。我顾不得再想,一手拉住一个就往村后的一间破屋里跑。不知道我是怎样想起来的,我的计划——不,不是计划,因为我已顾不得细想;是直觉的一个闪光,我心里那么一闪,看出这么条路来:我们三个都藏起去,等到大队过去,我可以冒险去捉住一个散落的兵,便能探问出前线的情形,而后再做计较。不幸而被大队——比如说他们也许在此地休息一会儿——给看见,我只好尽那把手枪所能为的抵挡一阵,其余便都交给天了。

但是小蝎不干。他似乎有许多不干的理由,可是顾不得说;我是莫名其妙。他不跑,自然迷也不会听我的。我又不知道怎样好了。西边的尘土越滚越近;猫人的腿与眼的厉害我是知道的;被他们看见,再躲就太晚了。

"你不能死在他们手里!我不许你那么办!"我急切地说,还拉着他们俩。

"全完了！你不必赔上一条命；你连迷也不用管了，随她的便吧！"小蝎也极坚决。

讲力气，他不是我的对手；我搂住了他的腰，半抱半推地硬行强迫；他没挣扎，他不是撒泼打滚的人。迷自然紧跟着我。这样，还是我得了胜，在村后的一间破屋藏起来。我用几块破砖在墙上堆起一个小屏，顺着砖的孔隙往外看。小蝎坐在墙根下，迷坐在一旁，拉着他的手。

不久，大队过来了。就好像一阵怪风裹着灰沙与败叶，整团地前进。嘈杂的声音一阵接着一阵，忽然声音小了一些，好像波涛猛然低降，我闭着气等那波浪再猛孤丁地涌起。人数稀少的时候，能看见兵们的全体，一个个手中连木棍也没有，眼睛只盯着脚尖，惊了魂似的向前跑。现象的新异使我胆寒。一个军队，没有马鸣，没有旗帜，没有刀枪，没有行列，只在一片热沙上奔跑着无数的裸体猫人，个个似因惊惧而近乎发狂，拼命地急奔，好似吓狂了的一群、一地、一世界野人。向来没看见过这个！设若他们是整着队走，我绝不会害怕。

好大半天，兵们渐渐稀少了。我开始思想了：兵们打了败仗，小蝎干什么一定要去见他们呢？这是他父亲的兵，因打败而和他算账？这在情理之中。但是小蝎为何不躲避他们而反要迎上去呢？想不出道理来。因迷惑而大了胆，我要冒险去拿个猫兵来。除了些破屋子，没有一棵树或一个障碍物；我只要跳出去，便得被人看见！又等了半天，兵们更稀少了，可是个个跑得分外的快；大概是落在后面特别的害怕而想立刻赶上前面的人们。去追他们是无益的，我得想好主意。

好吧，试试我的枪法如何。我知道设若我打中一个，别人绝不去管他。前面的人听见枪响也决不会再翻回头来。可是怎能那么巧就打中一个人正好不轻不重而被我生擒了来呢？再说，打中了他，虽然没打到致命的地方，而还要审问他，枪弹在肉里而还被审，我没当过军官，没有这分残忍劲儿。这个计策不高明。

兵们越来越少了。我怕起来：也许再待一会儿便一个也剩不下了。我决定出去活捉一个来。反正人数已经不多，就是被几个猫兵围困住，到底我不会完全失败。不能再耽延了，我掏出手枪，跑出去。事情不永远像理想的那么容易，可也不永远像理想的那么困难。假如猫兵们看见了我就飞跑，管保追一天我也连个影也捉不到。可是居然有一个兵，忽然看见我，就好像小蛙见了水蛇，一动也不动地呆软在那儿了。其余的便容易了，我把他当猪似的扛了回来。他没有喊一声，也没挣扎一下；或者跑得已经过累，再加上惊吓，他已经是半死了。

把他放在破屋里，他半天也没睁眼。好容易他睁开眼，一看见小蝎，他好像身上最娇嫩的地方挨了一刺刀似的，意思是要立起来扑过小蝎去。我握住他的胳臂。他的眼睛似是发着火，有我在一旁，他可是敢怒而不敢言。

小蝎好像对这个兵一点也不感兴趣，他只是拉着迷的手坐着发呆。我知道，我设若温和地审问那个兵，他也许不回答；我非恐吓他不可。恐吓得到了相当的程度，我问他怎样败下来的。

他似乎已忘了一切，呆了好大半天他好像想起一点来："都是他！"指着小蝎。

小蝎笑了笑。

"说！"我命令着。

"都是他！"兵又重复了一句。我知道猫人的好啰唆，忍耐着等他把怒气先放一放。

"我们都不愿打仗，偏偏他骗着我们去打。敌人给我们国魂，他，他不许我们要！可是他能，只能，管着我们；那红绳军，这个军，那个军，也全是他调去的，全能接了外国人的国魂平平安安地退下来，只剩下我们被外国人打得魂也不知道上哪里去！我们是他爸爸的兵，他反倒不照应我们，给我们放在死地！我们有一个人活着便不能叫他好好地死！他爸爸已经有意把我们撤回来，他，他不干！人家那平安退却的，既没受伤，又可以回去抢些东西；我们，现在连根木棍也没有了，叫我们怎么活着?!"他似乎是说高兴了，我和小蝎一声也不出，听着他说；小蝎或者因心中难过也许只是不语而并没听着，我呢，兵的每句话都非常的有趣，我只盼望他越多说越好。

"我们的地、房子、家庭，"兵继续说，"全叫你们弄了去；你们今天这个，明天那个，越来官越多，越来民越穷。抢我们，骗我们，直落得我们非去当兵不可；就是当兵帮着你们做官的抢，你们到底是拿头一份，你们只是怕我们不再帮助你们，才分给我们一点点。到了外国人来打你们，来抢你们的财产，你叫我们去死，你个瞎眼的，谁能为你们去卖命！我们不会做工，因为你们把我们的父母都变成了兵，使我们自幼就只会当兵；除了当兵我们没有法子活着！"

他喘了一口气。我乘这个机会问了他一句：

"你们既知道他们不好，为什么不杀了他们，自己去办理一切呢？"

兵的眼珠转开了，我以为他是不懂我的话，其实他是思索呢。呆了一会儿，他说：

"你的意思是叫我们革命？"

我点了点头；没想到他会知道这么两个字——自然我是一时忘了猫国革命的次数。

"不用说那个，没有人再信！革一回命，我们丢点东西，他们没有一个不坏的。就拿那回大家平分地亩财产说吧，大家都是乐意的；可是每人只分了一点地，还不够种十几棵迷树的；我们种地是饿着，不种也是饿着，他们没办法；他们，尤其是年轻的，只管出办法，可是不管我们肚子饿不饿。不治肚子饿的办法全是糊涂办法。我们不再信他们的话，我们自己也想不出主意，我们只是谁给迷叶吃给谁当兵；现在连当兵也不准我们了，我们非杀不可了，见一个杀一个！叫我们和外国人打仗便是杀了我们的意思，杀了我们还能当兵吃迷叶吗？他们的迷叶成堆，老婆成群，到如今连那点破迷叶也不再许我们吃，叫我们去和外国人打仗，那只好你死我活了。"

"现在你们跑回来，专为杀他？"我指着小蝎问。

"专为杀他！他叫我们去打仗，他不许我们要外国人给的国魂！"

"杀了他又怎样呢？"我问。

他不言语了。

小蝎是我经验中第一个明白的猫人，而被大家恨成这样；我自然不便，也没工夫，给那个兵说明小蝎并非是他所应当恨的人。他是误以小蝎当作官吏阶级的代表，可是又没法子去打倒那一阶级，而只想杀了小蝎出口气。这使我明白了一个猫国衰亡的真因：有点聪明的想指导着人民去革命，而没有建设所必需的知识，于是因要解决政治、经济问题而自己被问题给裹在旋风里；人民呢经过多少次革命，有了阶级意识而愚笨无知，只知道受了骗而一点办法没有。上下糊涂，一齐糊涂，这就是猫国的致命伤！带着这个伤的，就是有亡国之痛的刺激也不会使他们咬着牙立起来抵抗一下的。

该怎样处置这个兵呢？这倒是个问题。把他放了，他也许回去调兵来杀小蝎；叫他和我们在一块，他又不是个好伴侣。还有，我们该上哪里去呢？

天已不早了，我们似乎应当打主意了。小蝎的神气似乎是告诉我：他只求速死，不必和他商议什么。迷自然是全没主张。我是要尽力阻止小蝎的死，明知这并无益于他，可是由人情上看我不能不这么办。上哪里去呢？回猫城是危险的；往西去？正是自投罗网，焉知敌人现在不是正往这里走呢！想了半天，似乎只有到外国城去是万全之策。

但是小蝎摇头。是的，他肯死，也不肯去丢那个脸。他叫我把那个兵放了："随他去吧！"

也只好是随他去吧。我把那个兵放了。

天渐渐黑上来；异常的，可怕的，静寂！心中准知道四外无人，准知道远处有许多溃兵，准知道前面有敌人袭来，这种静寂好像是在荒岛上等着风潮的突起，越静心中越紧张。自然猫国灭亡，我可以到别国去，但是为我的好友，小蝎，设想，我的心似乎要碎了！一间破屋中过着亡国之夕，这是何等的悲苦。就是对于迷，现在我也舍不得她了。在亡国的时候才理会到一个"人"与一个"国民"相互的关系是多么重大！这个自然与我无关，但是我必须为小蝎与迷设想，这么着我才能深入他们的心中，而分担一些他们的苦痛；安慰他们是没用的，国家灭亡是民族愚钝的结果，用什么话去安慰一两个人呢？亡国不是悲剧的舒解苦闷，亡国不是诗人的正义之拟喻，它是事实，是铁样的历史，怎能纯以一些带感情的话解说事实呢！我不是读着一本书，我是听着灭亡的足音！我的两位朋友当然比我听得更清楚一些。他们是咒诅着，也许是甜蜜地追忆着他们的过去一切；他们只有过去而无将来。他们的现在是人类最大的耻辱正在结晶。

天还是那么黑，星还是那么明，一切还是那么安静，只有亡国之夕的眼睛是闭不牢的。我知道他们是醒着，他们也知道我没睡，但是谁也不能说话，舌似乎被毁灭的指给捏住，从此人与国永不许再出声了。世界上又哑了一个文化，它的最后的梦是已经太晚了的自由歌唱。它将永不会再醒过来。它的魂灵只能向地狱里去，因为它生前的纪录是历史上一个污点。

第二十七章

大概是快天亮了，我蒙眬地睡去。

当！当！两响！我听见已经是太晚了。我睁开眼——两片血迹，两个好朋友的身子倒在地上，离我只有二尺多远。我的，我的手枪在小蝎的身旁！

要形容我当时的感情是不可能的。我忘了一切，我不知道心里哪儿发痛。我只觉得两个活泼泼的青年瞪着四只死定的眼看着我呢。活泼泼的？是的，我一时脑子里不能转弯了，想不到他们会停止了呼吸的。他们看着我，但是并没有丝毫的表情，他们像捉住一些什么肯定的意义，而只要求我去猜。我看着他们，我的眼酸了，他们的还是那样地注视。他们把个最难猜透的谜交给我，而我忘了一切。我想不出任何方法去挽回生命；在他们面前我觉得到人生的脆弱与无能。我始终没有落泪；除了他们是躺着，我是立着，我完全和他们一样地呆死。无心地，我蹲下，摸了摸他们，还温暖，只是没有了友谊的回应；他们的一切只有我所知道的那点还存在着，其余的，他们自己已经忘了。死或者是件静美的事。

迷是更可怜的。一个美好的女子岂是为亡国预备的呢。我的心要碎了。民族的罪恶惩罚到他们的姊妹妻母；就算我是上帝，我也得后悔为这不争气的民族造了女子！

我明白小蝎，所以我更可怜迷；她似乎无论怎样也不应当死；小蝎有必死的理由。可是，与国家同死或者不需要什么辩论？民族与国家，在这个世界上，还有种管辖生命的力量。这个力量的消失便是死亡，那不肯死的只好把身体变作木石，把灵魂交与地狱。我更爱迷与小蝎了。我恨不能唤醒他们，告诉他们，他们是纯洁的，他们的灵魂还是自己的。我恨不能唤起他们，带他们到地球上来享受生命一切应有的享受。幻想是无益的；除了幻想却只有悲哀。我无论怎样幻想，他们只是呆呆地不动；他们似乎已忘了我是个好朋友。不管我心中怎样疼痛，他们一点也不欣赏，生死之间似隔着几重天。生是一切，死是一切，生死中间隔着个无限大的不可知。我似乎能替花鸟解释一些什么，我不能使他们再出一声。死的缄默是绝对的真实；我不知怎样好了，可是他们决定不再动了。我觉不到生命还有什么意义。

就是那么呆呆地守着他们，一直到太阳出来。他们的形体越来越看得清楚，我越觉得没有主张。光射在迷的脸上，还是那么美好、可爱，只是默默不语。小蝎的头窝在墙角，脸上还不时地带出那种无聊的神气，好像死还没医治了他的悲观，迷的脸上一点害怕的样子没有了。

我不能再守着他们。这是我心中忽然觉出来的。设若再继续下去，我一定会疯。离开他们？这么一想，我那始终没落的眼泪雨似的落下来。茫茫大地，我到哪里去？舍了两个好朋友，独自去游浪，这比我离开地球的时候难堪得多多了。异地的孤寂是难以担当的，况且是由于死别，他们的死将永远追随着我。我哭了不知好久，我双手拉住他们，几乎是喊着：迷，小蝎，再见了！

顾不得掩埋他们，我似乎只要再耽误一秒钟，便永不能起身了。咬 咬牙，拾起我的手枪，跳出破墙。走开几步，我回头看了看；决定不再回去，叫他们的尸身腐烂在那里，我不能再回去！我骂我自己，不祥的人，由地球上同来的朋友死在这里，现在又眼看着他们俩这样，我应当永不再交朋友！

往哪里走？回猫城，当然的。那是我的家。

路上一个人不见，死笼罩住一切。天空是灰的，灰黄的路上卧着几个死兵，白尾鹰们正在啄食，上下飞舞，尖苦地叫着。我走得飞快，可是眼中时常看见迷的笑，耳中似乎听到小蝎惯说的字句，他们是追随着我呢。快到了猫城，我的心跳得紧；是希冀，是恐怖，我说不清。到了，没有一个人。街上卧着，东一个，西一个，许多妇女。兵们由此经过，我猜得出其中的道理。"花也跑了！"我似乎又听见迷在我耳旁说。是的，花要是不走，也必定被兵们害死。我顾不得细看，一直往前跑，到了大鹰的头悬挂所在，他还在那里守着这空城，头上的肉已被鹰鸟啄尽。他是这死寂猫城的灵魂。跑到小蝎的住处，什么也没有了，连墙都推倒了两处。

兵们没有把小蝎的任何东西留下，我真愿意得着一点，无论是什么，做个纪念物。我只好走吧，这个地方的一砖一石都能引下我的泪。

我往东去，我知道人们都在那边。回头看了看，灰空中立着个死城！

向大蝎的迷林走去，这是我认识的一条路。路上那个小村已经没人了，我知道兵们一定已由此经过了。

到了迷林，没有人。我坐在树下休息了一会儿。还得走，静寂逼迫着我动作。向前走到我常洗澡的沙滩那里，从雾气中我看见些行人往西来。我猜想，这或者是大局已有转机，所以人们又要回猫城去。一会儿比一会儿人多了，有许多贵人还带着不少的兵。我坐在河岸上一边休息一边观察。人越来越多，带兵的人们似乎都争着往前跑，像急于去得到一些利益似的。一来二去，因为争路，兵们开始打起来，而且贵人们亲自指挥着。我莫名其妙。猫人的战争是不易见胜负的，大家只用木棍相击，轻易不致打倒一个；打的工夫还不如转的工夫多，你躲我，我躲你，非赶到有人失神，木棍是没有碰到身上的机会。工夫大了，大家还是乱转，而且是越转相距越远。有一队，一边打，一边往前转，大概是指挥人要乘着大家乱打的当儿，把他的兵转到前面去，好继续往西走。这一队离河岸较近，我认出来，为首的是大蝎。他到底是有些策略。又待了一会儿，他的兵们全转在前面来了，果然不出我所料，他们一摆脱清便向前急进。

我的机会到了。似乎是飞呢，我赶上了大蝎。

他似乎很愿意见着我，同时又似乎连讲话都顾不得，急于往前跑。我一边喘一边问他，干什么去。

"请跟我去！跟我去！"他十分恳切地说，"敌人就快到猫城了！也许已过了那里，说不定！"

我心中痛快了一些，大概是到了不能不战的时候了，大家一齐去保护猫城，我想。可是，大家要都是去迎敌，为什么半路上自己先打起来呢？我想的不对！我告诉大蝎，他不告诉我干什么去，我不能跟他走。

他似乎不愿说实话，可是又好像很需要我，而且他知道我的脾气，他说了实话：

"我们去投降，谁先到谁能先把京城交给敌人，以后自不愁没有官做。"

"请吧！"我说，"没那个工夫陪你去投降！"没有再和他说第二句话，我便扭头往回走。

后面的兵也学着大蝎，一边打一边前进了。我看见那位红绳军的领袖也在其中，仍旧项上系着极粗的红绳，精神百倍地争着往前去投降。

我正看着，前面忽然全站定了。转过头来，敌人到了，已经和大蝎打了对面。这我倒要看看了，看大蝎怎样投降。

我刚跑到前面，后面的那些领袖也全飞奔前来。红绳军的首领特别的轻快，像个燕子似的，一落便落在大蝎的前面，向敌人跪好。后面的领袖继续也全跪好，就好像咱们老年间大家庭出殡的时候，灵前跪满了孝子贤孙。

这是我第一次看见猫人的敌军。他们的身量，多数都比猫人还矮些。看他们脸上的神气似乎都不大聪明，可是分明地显出小气与毒狠的样子。我不知道他们的历史与民性，无从去判断，他们给我的第一个印象是这样罢了。他们手里都拿条像铁似的短棍，我不知道它们有什么用处。

等猫人首领全跪好了，矮人们中的一个，当然是长官了，一抬手，他后面的一排兵，极轻巧地向前一蹿，小短棍极准确地打在大蝎们的头上。我看得清楚极了，大蝎们全一低头，身上一颤，倒在地上，一动也不动了。莫非短棍上有电？不知道。后面的猫人看见前面投降的首领全被打死，哎呀，那一声喊，就好像千万把刀放在脖子上的公鸡。喊了一声，就好像比声音还快，一齐向后跑去。一时被挤倒的不计其数，倒了被踩死的也很多。敌人并没有追他们。大蝎们的尸首被人家用脚踢开，大队慢慢地前进。

我想起小蝎的话："敌人非把我们杀尽不可！"

可是，我还替猫人抱着希望：投降的也是被杀，难道还激不起他们的反抗吗？他们假如一致抵抗，我不信他们会灭亡。我是反对战争的，但是我由历史上看，战争有时候还是自卫的唯一方法；遇到非战不可的时候，到战场上去死是人人的责任。褊狭的爱国主义是讨厌的东西，但自卫是天职。我理想着猫人经过这一打击，必能背城一战，而且胜利者未必不是他们。

我跟着大队走。那方才没被踩死而跑不了的，全被矮兵用短棍结果了性命。我不能承认这些矮子是有很高文化的人，但是拿猫人和他们比，猫人也许比他们更低一些。无论怎说，这些矮人必是有个，假如没有别的好处，国家观念。国家观念不过是扩大的自私，可是它到底是"扩大"的；猫人只知道自己。

幸而和小蝎起行的时候身旁带了些迷叶，不然我一定会饿死的。我远远地跟着矮人的大队，不要说是向他们乞求点吃食，就是连挨近他们也不敢。焉知他们不拿我当作侦探呢。一直地走到我的飞机坠落处，他们才休息一下。我在远远望着，那只飞机引起了他们注意，这又是他们与猫人不同之处，这群人是有求知心的。我想起我的好友，可怜，他的那些残骨也被他们践踏得粉碎了！

他们休息了一会儿，有一部分的兵开始掘地。工作得很快，看着他们那么笨手笨脚的，可是说做便做，不迟疑，不懒散，不马马虎虎，一会儿的工夫他们挖好了深大的一个坑。又待了一会儿，由东边来了许多猫人，后面有几个矮子兵赶着，就好像赶着一群羊似的。赶到了大坑的附近，在此地休息着的兵把他们围住，往坑里挤。猫人的叫喊真足以使铁做的心也得碎了，可是矮兵们的耳朵似乎比铁还硬，拿着铁棒一个劲儿往坑里赶。猫人中有男有女，而且有的妇女还抱着小娃娃。我的难过是说不出来的，但是我没法去救他们。我闭上眼，可是那哭喊的声音至今还在我的耳旁。哭喊的声音忽然小了，一睁眼，矮兽们正往坑中填土呢。整批地活埋！这是猫人不自强的惩罚。我不知道恨谁好，我只得了一个教训：不以人自居的不能得人的待遇；一个人的私心便足以使多少多少同胞受活埋的暴刑！

要形容一切我所看见的，我的眼得哭瞎了；矮人们是我所知道的人们中最残忍的。猫国的灭亡是整个的，连他们的苍蝇恐怕也不能剩下几个。

在最后，我确是看见些猫人要反抗了，可是他们还是三个一群、五个一伙地干；他们至死还是不明白合作。我曾在一座小山里遇见十几个逃出来的猫人，这座小山是还未被矮兵占据的唯一的地方，不到三天，这十几个避难的互相争吵打闹，已经打死一半。及至矮兵们来到山中，已经剩了两个猫人，大概就是猫国最后的两个活人。敌人到了，他们两个打得正不可开交。矮兵们没有杀他们俩，把他们放在一个大木笼里，他们就在笼里继续作战，直到两个人相互咬死；这样，猫人们自己完成了他们的灭绝。

我在火星上又住了半年，后来遇到法国的一只探险的飞机，才能生还我的伟大的、光明的、自由的中国。

宝船

第一幕

第一场

时　间　古时候，有那么一天的上午。

地　点　山涧有一条独木桥的地方。

人　物　王小二、李八十

〔幕启：一片美丽的山景，比图画还更好看。山脚有一条溪涧，很深，上边有个独木桥，极难走。林中百鸟争喧。忽然鸟声静下来，自远而近传来歌声。这是王小二唱呢。他是个爱劳动的好孩子，背着柴下山，边走边唱。

王小二　（唱）清早上山去打柴，

　　　　　　太阳升，下山把柴卖。

　　　　　　早打柴，早去卖，

　　　　　　买盐买米，早早回家来。

　　　　　　盐米交给好妈妈，

　　　　　　妈妈夸我真可爱！

　　　　（走到桥头，把柴放下，休息一下，以便聚精会神地过桥。找了块平滑的大石，坐下，向林中说）小鸟儿，我不唱了，听你们的吧！

（鸟声又起）你们这些小家伙，老唱那一个调儿，唧咕唧，唧咕唧的！用点心思，编点新歌儿不好吗？

〔李八十老翁从对面走来。要过桥，自言自语。

李八十 这个破桥，多么难走！我老啦，怎么年轻的人不动动手，修一座宽点的、结实点的桥呢？

王小二 （立）老爷爷，你出主意，我来修！这里，石头、木头都现成啊！

李八十 （望望）你呀，是个好孩子！可惜，年纪太轻，没力气呀！

王小二 说我没力气？你等等，我把你背过桥来，看看我有力气没有！这可不是逞能，是应当帮助老人！

李八十 说得好！我领情！可是，让我自己慢慢过去吧！背着我，你的腿一颤，心一慌，咱们就一齐掉下去！（开始战战兢兢地过桥）

王小二 慢着点，老爷爷！眼睛别往下看！

李八十 我知道！（可是，失足落水）哎呀！

王小二 哎呀！老爷爷！（急跳下去）

〔小梅花鹿、小狗熊等到涧边往下看，颇为着急。小二救上老人来，扶老人坐大石上。小鹿等跑开。

王小二 老爷爷！老爷爷！

李八十 哎呀呀呀！好孩子！好孩子！你救了我的老命！

王小二 快脱了这湿衣裳，晒晒吧！

李八十 不要紧，山风儿一吹，一会儿就干！你的也都湿透了啊！

王小二 不要紧，山风儿吹干了你的，也会就手儿吹干了我的，不是吗？

李八十 对呀，你简直比老人还聪明！

王小二 老爷爷，在哪儿住呀？我送你回家！

李八十 不用送！我的家呀，只在此山中，云深不知处，连我自己也有时候找不着！

王小二　找不着自己的家，倒怪有意思儿，可就是麻烦点！

李八十　孩子，你在哪儿住呀？

王小二　就在这山下边，门口儿有个磨盘，磨盘旁边有棵大柳树，柳树上有俩知了儿，吱、吱、吱地唱。我妈说，那俩知了儿要不是哥儿俩，就是夫妻俩。

李八十　它们在冬天也唱吗？

王小二　老爷爷，你怎么了？冬天它们睡觉，不像咱们一年四季老爱干活儿！

李八十　说得好！我最喜欢爱干活儿的小伙子！你叫什么呀？

王小二　我叫王小二。

李八十　"王小二过年，一年不如一年"的那个王小二呀？

王小二　谁说的！我是一年比一年身量更高，力气越大，越能多干活儿的王小二！

李八十　都快结婚了吧？

王小二　还不一定！

李八十　家里还有什么人哪？

王小二　有妈妈，顶好的妈妈，最爱干活儿！所以呀，我们的门外种着吃不完的菜，缸里老存着点粮食！我们还有一只大白猫！

李八十　你爱大白猫吗？

王小二　当然喽！它会捉老鼠啊！其实呀，我也很爱老鼠！

李八十　这可就不大对了！我们爱好的，不爱坏的！你能爱天上的九头鸟、山里的四眼狼吗？你能爱天天杀人的皇上、夜里偷吃小孩的妖精吗？不能吧？你是个有好心的孩子，要是能够分好歹、辨黑白，可就更有出息了！

王小二　好，我听你的话！老爷爷，你有妈妈没有呀？

李八十　从前有，现在我已经八十多岁，妈妈早不在了！

王小二　你都八十多岁了？

李八十　一点不假，我就叫李八十嘛！看，我的胡子不是全白了吗？

王小二　可是，我们的大白猫也有白胡子呀！

李八十　看你，怎么可以拿老爷爷比大白猫呢？

王小二　别生气，老爷爷！我也觉得那么比不大合适！

李八十　来吧，好孩子，我最爱好孩子！你今天做了一件好事，我得送给
　　　　你一点礼物！

王小二　老爷爷，我不要！妈妈常说：帮助人是应该的，不为得礼物！

李八十　你妈妈说得对！可是，礼物要是一件宝贝，也不要吗？

王小二　也不要！我自己有宝贝！

李八十　你带着宝贝哪？叫我看看！

王小二　（从腰中掏出小板斧）看！这还不是宝贝吗？（耍斧）有它，上山
　　　　能砍柴，豺狼虎豹不敢近前来！它们敢前进，嗑喳喳，一斧劈开
　　　　它们的脑袋！

李八十　好！好！好！可是，有朝一日发来大水，房子冲塌，树木冲倒，
　　　　白茫茫一片，天连水，水连天，你的宝贝可有什么用呢？

王小二　老爷爷，会有那么一天吗？

李八十　会有，会有！你看，咱们的皇上多么懒哪！日上三竿他才起，先
　　　　喝一大碗香油，然后吃好几大张葱花烙饼；吃完了就再睡，睡醒
　　　　了再吃；既不修河，也不开渠，怎能不闹大水呢？

王小二　哎呀，那可怎么办呢？可恶的臭皇上，吃了睡，睡了吃，活像我
　　　　家的大白猫！

李八十　大白猫还爱拿老鼠，咱们的皇上连臭虫都不肯捉！快来吧，拿去
　　　　这件宝贝！（掏出一个小木盒掀开，取出个小纸船）你看！你看！

王小二　一只小纸船儿？有什么用呢？还装不下我的一个拳头！

李八十　宝贝不一定都很大呀！你的斧子比树大吗？可是斧子能砍树，树
　　　　不能砍斧子！这是宝船！

王小二　我明白了：大水来到，我拿着它，可以淹不死！可是，妈妈怎

办呢？大白猫怎么办呢？要是扔下他们不管，我一个人逃命，说什么我也不干！

李八十　你，你妈妈，大白猫，连你们家的磨盘，都装得下！

王小二　老爷爷，你净瞎说！

李八十　一点不是瞎说！你看着，听着，记着：快长快长，乘风破浪！（小船变大）你看，长大了没有？再念再长，要多大有多大！赶到不用的时候，你念：水落收船，快快还原！（船又变小）

王小二　老爷爷，这可真是个宝贝！有了它，大水来到，我可以救起许多活东西呀！

李八十　说说吧！

王小二　比如说，水上漂着一群蚂蚁，该救不该救？

李八十　该救，蚂蚁多么勇敢，多么勤劳啊！还有？

王小二　水上来了一窝蜜蜂，也得救起来呀，蜜蜂多么爱干活儿，酿的蜜又多么甜哪！

李八十　应当救，还有？

王小二　一只美丽的仙鹤，或是一只胖小狗，都该救起来呀！可是，老爷爷，第一要先救人！

李八十　是吗？连坏人也救吗？王小二，你要小心，你要是救起一条毒蛇呀，它会咬死你！坏人哪，也许比毒蛇更厉害！你记住那两句话了吗？

王小二　记住了！快长快长，乘风破浪！水落收船，快快还原！对吧？

李八十　对！好好地拿着，交给你妈妈收起来！看，太阳这么高了！

〔小二看太阳，一回头，老人不见了。

王小二　老爷爷！老爷爷！你在哪儿哪？老爷爷！老爷爷！（只闻回响，不见人影）哎呀，奇怪呀！老头儿藏在哪儿去了？

李八十　（声音）快回家吧，王小二！再见！

王小二　再见！（四山回响）再见，再见……

<h1>第二场</h1>

时　间　前场后闹大水的那一天，下午。

地　点　王家门外。

人　物　王小二、王妈妈、大白猫、仙鹤、大蚂蚁、蜂王、张不三。

〔**幕启**：天昏地暗，黄水横流。一片锣声，众人惊叫："水来了！水来了！逃命啊！"

〔锣声呼声稍远，王小二喊叫。

王小二　（在幕后）妈！妈！别慌！咱们有宝船！宝船啊，快长快长，乘风破浪！妈，抱着大白猫，我来搬东西！

〔锣声又近，鸟儿惊飞，牛羊哀叫……宝船出来，随浪起伏。

王小二　妈，你驶舵，我划桨！大白猫，别害怕，看着水里，有什么活东西好救上来！

王妈妈　小二！小二！等等再开船！咱们的磨盘还没搬上来呀！（船停住）

王小二　来不及喽！磨盘分量重，大概冲不走！

王妈妈　（依依不舍地回顾）这是什么事哟！房倒屋塌，东西全冲走喽！这，这怎么活下去呢？

王小二　妈，别伤心！等水下去，房塌了再修，菜淹了再种！天下无难事，因为人有手，天塌用手托，水来……

王妈妈　水来怎样啊？

王小二　水来坐船走！哈哈哈！

王妈妈　小二！小二！大难临头，你怎么还有说有笑呢？

王小二　愁眉苦脸的，水也退不了啊！

大白猫　喵！喵！

王小二　什么事？大白猫！水里有老鼠吗？不管它！

大白猫　（伸一爪，指水中）不是老鼠！

王小二　不是老鼠？捞上来吧！

大白猫　（不敢）喵！

王小二　胆小，怕掉下去呀？把尾巴交给我，拉着点，掉不下去！

　　　　（轻拉猫尾）

　　　　〔大白猫去捞，捞上个大蚂蚁来。为抖去身上的水，它跳起舞来。

大白猫　（觉得很有意思，用爪指他，笑起来）咪咪，哈哈哈！

王小二　大白猫，大白猫，人家浑身是水，不好受，你还笑哪？没有同情
　　　　心！快去，再看着水里！（向蚁）这位先生，你是谁呀？

大蚂蚁　（停舞）姓蚂。

王小二　名字呢？

大蚂蚁　单名蚁。

王小二　原来是蚂蚁兄弟！就是一个人吗？

大蚂蚁　我是大蚂蚁，小的都在这儿呢？（叫小二看他的衣袋）

王小二　嘀！真不少！

大蚂蚁　谢谢你把我们救上来，给我点活儿干吧！

王小二　大白猫，听见没有？人家刚到，就找活儿干，不像你！

　　　　〔白猫摆尾，表示抗议。

大蚂蚁　来，我帮你划船！（与小二分掌二桨）

王小二　好，一——二！嗨！

大蚂蚁　吆！

王小二　嗨！

大蚂蚁　吆！

大白猫　嗨，喵！嗨，吆！（躲开原处）

王小二　又怎么了？大白猫！（船又停住）

王妈妈　水里有个大蜜蜂！大白猫从前扑蜜蜂，叫人家蜇得鼻青脸肿的，
　　　　所以至今还害怕呢！

王小二　我来吧!（把桨伸出去，蜂王爬了上来）

蜂　王　谢谢喽! 好大的水呀! 唉! 花儿淹了，树也倒啦，我看今年的冬天不大好过去!

王小二　别发愁，先干活儿! 你去把舵，好让妈妈做点吃的!

蜂　王　好吧!（去换下王妈妈）

大白猫　（紧随着王妈妈）喵! 喵!

王妈妈　我知道你叫什么; 你是要吃点鱼，对吧?

王小二　大白猫，到处都是水，你自己钓两条鱼吃吃吧!

大蚂蚁　把尾巴放在水里，还真许钓上大鱼来!

大白猫　喵——不!

王小二　大蚂蚁，白猫心眼儿多，怕鱼把它拉下去! 是不是呀? 你个大白猫，坏白猫!

大白猫　喵——嘻嘻嘻嘻!（笑得很不自然）

　　　　〔白猫笑声未止，一只大仙鹤自天上掉下来，正砸在猫身上!

仙　鹤　哎呀!

大白猫　喵——哎哟!（急逃开）

仙　鹤　（趴在船上，连连喘气）哎呀! 累死我也! 累死我也!

王小二　快歇歇吧!

仙　鹤　哎呀，我飞呀，飞呀，飞了一天一夜，找不着一个落脚的地方，可真累坏啦! 你们这些好人，让我在这儿歇歇吧?

王小二　当然! 当然!

王妈妈　我们欢迎你!

大蚂蚁　我也是刚上来的，这儿呀真好! 有福大家享，有难一起受，你放心吧!

蜂　王　你先歇歇，歇够了，你可以去捉几条鱼来，大白猫馋死啦!

仙　鹤　行! 捉鱼我有把握!

大白猫　（赶紧过来，给仙鹤舔舔羽毛）喵——嘻嘻嘻嘻!

大蚂蚁　大白猫真会巴结人啊！

大白猫　喵——我吃鱼，你啃骨头！

王小二　这个大白猫，真自私！

大　家　哈哈哈哈……

张不三　（在水中喊）救人哪！救命啊！

王小二　哟，水里有人！快救！快救！

王妈妈　小二，李八十老人不是说过，要救好人吗？这个人是好是坏，咱
　　　　们不知道啊！

王小二　我有办法！嗨，你是好人，还是坏人？说实话！

张不三　我是好人，顶好的人！不踩一个蚂蚁，不伤一个蜜蜂，既不捉鸟，
　　　　也不打猫，可好哩！

王小二　你叫什么？

张不三　张不三，我弟弟叫张不四！

王妈妈　小二，留点神！不三不四，听着不大顺耳呀！

王小二　妈，人好不好不在乎叫什么！

王妈妈　等我看看吧！（看）哎呀，他好像是张大财主的儿子张三哪！他们
　　　　都是坏人！

张不三　我不是张三，是张不三！我爸爸也不是大财主！老太太，想一想
　　　　吧，我家要是大财主，怎能连一只船也没有呢？快点吧，我要沉
　　　　下去啦！

王小二　妈，救救他吧，他多么可怜哪！妈，快递给我那根大绳子！

王妈妈　（递绳）你看准啦！他是好人哪？

张不三　救命吧，老太太！

王小二　你真不是张财主家的？

张不三　真不是！这么办，看我不好，再把我扔下水来，还不行吗？

王小二　好！接绳子！（把张不三拉了上来）

张不三　谢谢救命之恩！老太太，你就做我的亲妈妈吧！你（指小二）就

如同我的亲弟弟！你（指蚂蚁）是我的亲蚂蚁！你（指蜂王）是我的亲蜜蜂！

大白猫　喵！

张不三　还有你，大白猫，你是我的亲咪咪！仙鹤呀，美丽的仙鹤呀，我一看见你，心里就喜欢，比亲人还亲！我说，众位亲人，我们这是往哪儿走呢？

王小二　四面都是水，我忘了东西南北！

张不三　（指）看，那边不是有山吗？人往高处走，水往低处流，对着山走吧！那边地势高，咱们一定能找到一块又干又好的地方！

王小二　妈，你看，他很聪明啊！

王妈妈　（仍未释疑）嗯！我还得问问他！我说，你为什么叫张不三呢？

张不三　不三就是：一不馋，二不懒，三不偷东西！

大白猫　跟我一样！

王小二　大白猫，你真不害臊！

王妈妈　你弟弟为什么叫不四呢？

张不三　他不馋，不懒，不偷，又不怕水！

王小二　所以他没来，是吧？

张不三　是呀，他在水里睡觉呢，睡得可香哩！老太太，诸位亲人，相信我吧，我是顶好的人！来吧，都预备好！划桨的有了，掌舵的有了，做饭的有了，瞭望的有了，钓鱼的有了，我就做个总指挥吧！开船喽！

〔大家正要往张不三所指的方向开船，一片呼救声与牛羊哀叫声却从相反的方向传来。

王小二　等等！把船掉过头来！快！

张不三　干吗掉头？那边的水更深！

王小二　那边水里有人，有牛，有羊，都得救上来！快，使劲！嗨，哟！

大　家　嗨哟！嗨哟！

王小二　（唱）水里有人我们去救!

大　家　嗨哟!

王小二　（唱）有牛有羊也要救上来!

大　家　嗨哟!

王小二　（唱）我们心齐不怕水，乘风破浪往前开!

大　家　嗨哟! 嗨哟! （船越走越快）

第二幕

第一场

时　间　又过了些日子，水落下去，王家回到故乡。夏日午后。

地　点　王家。

人　物　张不三、大白猫、仙鹤、蜂王、大蚂蚁、王小二、王妈妈

〔幕启：大水已落。王家的磨盘并没被冲走。大柳树也没倒，蝉又回来歌唱。冲坏了的房子已修好多半，还在加紧施工。张不三不干活儿，独坐在磨盘上，自言自语。

张不三　这群好心眼的傻蛋，我说什么，他们都信！我说我不是张财主的儿子，他们也信以为真！就是那个老太婆聪明点，可是我一叫她亲妈妈，她就不再疑心我！我得赶快想主意，把那个宝船拿到手。宝贝到手，我准升官发财，多么美呀！

〔大白猫背着一小筐土，还用尾巴在下面支着，慢慢地走来。

大白猫　哎呀，哎呀，了不得！压得我成了个小罗锅！

张不三　大白猫，大乖猫！快着点，别哎呀哎呀的！

大白猫　是呀，我要是在磨盘上坐着，干吗哎呀哎呀的呢！

张不三　大乖猫，看明白点，我是监工的，应当坐在磨盘上！

大白猫　你呀，监工的，一肚子坏！

张不三　这是什么话呢？我是天下第一的好人！

大白猫　昨天你偷吃了王妈妈的鱼，反倒说我爱偷嘴！（把土倒下，又往回走）你呀，不是不馋、不懒、不偷；是又馋、又懒、又偷，还又坏！（下）

张不三　哎呀，我得快点动手，别叫他们大家都看出我的原形来。

　　　　〔仙鹤与蜂王同挑着砖走来，边走边唱。

鹤、蜂　（唱）哼，嗨！哼，嗨！

　　　　我们的活儿做得快！

　　　　嗨，哟！嗨，哟！

　　　　房子一会儿比一会儿高！

　　　　哟，喝！哟，喝！

　　　　人多好干活，人多好干活！

张不三　（从磨盘上下来）亲爱的好仙鹤！亲爱的好蜜蜂！我没在这儿坐着偷懒，我是动脑筋，想好主意呢！

仙　鹤　想什么好主意？

张不三　你们看，咱们哪，是有福不会享！

蜂　王　怎么？

张不三　咱们有宝贝，为什么不用它呢？

仙　鹤　你说的是那只宝船？

张不三　对呀！

蜂　王　发大水才用它呢，不是吗？

张不三　它现在就可以有用！

大蚂蚁　（独自挑着很重的两筐土）走！走！挑土一大堆，快步走如飞！

张不三　大蚂蚁，亲爱的！你这么小的个子，挑那么多的土，快放下歇歇吧！

大蚂蚁　别看身量矮，志气比天高！别看个子小，要把日月挑！

张不三　放下，歇歇！（蚁放下筐子）我正在这儿要说，咱们要是把宝船献给皇上去，皇上必给咱们一大堆金子、一大堆银子、玛瑙的水桶、翡翠的磨盘，咱们何必再受累，又搬砖、又挑土的呢？

仙　鹤　我们爱挑土，爱搬砖！多么有意思呀！

蜂　王　宝船是小二哥的，我们不能做主！

大蚂蚁　你要敢动那个宝贝，我打死你！

张不三　谁说我要动它呀，大家伙儿商量嘛！你们愿意了，我再跟小二哥商量。

大　家　我们听小二哥的，不听你的！（都抬起砖，挑起土，走向工地）

张不三　这就算大家同意了？好！（给自己鼓掌）

〔大家又去挑土抬砖，没理他。王小二扛着根柱子，上。

王小二　（唱）又是泥水匠，又把木匠当！

墙厚二尺五，

松木柱子柏木梁！

水冲不倒，风吹不透，

盖起来结结实实的房！

张不三　（忙去接柱子，放地上）小二哥，小二哥，告诉你，他们都同意了！

王小二　同意了什么呀？

张不三　不是我，是他们大伙儿说的，这么干活儿太累了！何不把那个宝船献给皇上去？

王小二　献给皇上？要是再发了大水，怎么办呢？

张不三　这样的大水，一万年才发一次，把宝船放一万年，多么可惜！咱们要是把它交给皇上，跟皇上要金子、银子、珍珠、玛瑙，咱们不就阔起来，不必受累，也天天大碗喝香油吗？

王小二　坐着喝香油，我不干！我愿意干活儿！

张不三　是呀，有了钱，多买地，种一百亩高粱、一百亩玉米、一百棵玫瑰花、一百棵茉莉花、养活一百头猪、一百头牛、一百只鸡、一百只大肥鸭，不是有干不完的活儿吗？

王小二　要那么多东西干什么呢？

张不三　小二哥，你爱妈妈不爱？你孝顺不孝顺？

王小二　我顶爱妈妈！顶孝顺妈妈！

张不三　可是，你看看，妈妈穿的是什么？吃的是什么？戴的是什么？我都替她难受啊！咱们要是有了钱，妈妈不就能吃点好的，穿点好的，戴上金簪子、银环子、宝石戒指，多么好啊！那才见出你的孝心啊！再说，反正那个宝船放着也是放着，为什么不叫它有点用呢？你想想！

王小二　对，你说的有点道理！妈妈实在太苦！我跟她商量商量去！

张不三　别跟她老人家商量，她老人家爱勤俭，自己吃苦，可不肯说！跟她一商量，她必定说，我不苦！我不苦！

王小二　嗯！妈妈是那样！

张不三　所以呀！你快把宝船拿来，别叫妈妈知道！等到把它献给了皇上，咱们得了金银财宝，马上就带回来猪羊牛马、绫罗绸缎，叫妈妈吃上好的，穿上好的，妈妈也就嘴里不说什么，心里可顶高兴，说你是个大孝子！

王小二　好！咱们俩马上走！

张不三　我一个人去就够了！你要一去，妈妈必定盘问你，谁可也去不成了！快去，拿宝船去！我不怕见皇上，又会买东西，我雇一匹快马，很快就到了京城。得了金子银子，赶快就把妈妈心爱的东西都买回来！快去，拿宝船去！

王小二　好！你等着，别动啊！我马上回来！（下）

张不三　行了！行了！张不三，三不张，真真是个百宝箱！心眼快，嘴又强，神仙见我也遭殃！

王小二　（跑回来，拿着小盒）给你，好好拿着！

张不三　小二哥，你放心我呀？

王小二　什么话呢？咱们是大水冲不散的朋友啊！你快去，快回来！

张不三　一定快回来！一天不见，我就想你想得吃不下饭去呀！唉，我真舍不得你！（抹泪）

王小二　快走吧！反正你回来得快，何必伤心呢？

张不三　对！你们好好地盖房，我快快地回来！再见！（匆下）

〔王小二扛起柱子。鹤等又都抬着砖，挑着土，一块儿回来。

仙　鹤　小二哥，土够了，砖也够了，好不好再给外面的墙基砸砸夯啊？

王小二　对，等我放下柱子，就砸夯。根基不砸结实了，墙厚也不牢靠！

大白猫　唱夯歌不唱？

蜂　王　当然要唱！小二哥，你领唱！

〔大家各拉一绳，王小二领唱。

王小二　（唱）大水下去，回到家乡。

大　家　夯来（"来"读"赖"）！（砸）

王小二　（唱）又种庄稼又修房！

大　家　夯来！（"来"读原音）

王小二　（唱）蚂蚁浑身是力量！

大　家　夯来！

王小二　（唱）蜜蜂儿事事爱帮忙！

大　家　夯来！

王小二　（唱）仙鹤干活儿真稳当！

大　家　夯来！

王小二　（唱）大白猫背土啊，那么一小筐！

大　家　夯来！哈哈哈！

大白猫　我不干了，不干了！我这么卖力气，还拿我当笑话说呀？不干了！

王小二　说着玩儿哪，着什么急呢？

〔王妈妈提着一桶水、一桶饭，笑着走来。

王妈妈 孩子们，洗手去，吃东西啦！哎？怎么少了一个人？张不三呢？

王小二 他，他走啦！

王妈妈 走啦？上哪儿了？

王小二 他进京了！

王妈妈 进京干什么去？

王小二 去见皇上！

王妈妈 见皇上干吗？

王小二 去，去……

仙　鹤 去献宝船吧？

大　家 去献宝船？

王小二 他说，那是你们大家的主意！

大白猫 我一点也不知道！船能大能小，我的眼珠也能大能小，都是宝贝，我怎会叫他拿走呢？

仙　鹤 我们没出主意，张不三骗你呢！

大蚂蚁 追他去，把宝船要回来！

大　家 对！对！追他去！

王妈妈 孩子们，听我说！自从张不三一露面，我就有点疑心。可是，咱们都太实在，就有点过于相信别人。我比你们都多知多懂，因为我的岁数大呀。可是，连我也一听见他叫我妈妈，就动了心，不再提防他。我还这样呢，何况王小二！小二，你甭难过，这回有了经验，以后就会多留神，不上坏人的当了！

王小二 妈，我追他去，把宝船要回来！

王妈妈 一定得把宝船要回来！宝船在咱们手里，不但能够救咱们自己的命，也能救别人！

王小二 现在我想明白了，宝船落在皇上手里就成了废物！皇上只会拿着它玩儿，想不到用它救人！好，我马上走！

仙　鹤	要去，大家一齐去；小二哥一个人去，我们不放心！
王小二	我一个人去，行！我有理，再留点神，还怕什么呢！
大白猫	都听妈妈的吧！妈妈怎说，咱们怎么办！大家去，我也去！可是，道儿远，在路上吃什么呢？
蜂　王	你呀，大白猫老先想吃！
仙　鹤	不要紧，我天天捉一条大鱼喂你，还不行吗？
大白猫	顶好是鳜鱼，肉多，刺少！老太太，你说吧！
王妈妈	这么办：叫小二先走，咱们赶快盖房，省得叫雨水冲坏了！一完工，要是小二还不回来，你们就都去找他，好不好？
大　家	好！好！加把劲儿，快盖好了房！
王小二	仙鹤，你得给自己在树上搭个窝。蜂王、大蚂蚁，你们也得安好家！大白猫，找点草，给你自己编个过冬住的小篮子！
大白猫	我这小肉包子似的手，编不上来呀！
大　家	我们帮着你！
王小二	妈，我走啦！
王妈妈	带上干粮啊！（给他预备）
仙　鹤	带上你的斧子！（递斧）
蜂　王	顺着大道走，迷不了路！
大蚂蚁	快去快回来！
大白猫	晚上睡觉，多打咕噜，小虫儿什么的不敢过来！咕噜，咕噜……
王小二	（提着干粮，插好斧子）再见！再见！
大　家	（送他）再见！快回来！

第二场

时　间	前场后月余，上午。
地　点	京城城门外。
人　物	宰相的随从若干、张不三、王小二、仙鹤、蜂王、大蚂蚁、大白

猫、李八十、差人甲乙

〔**幕启**：二道幕前，二公差鸣锣开道。

二公差　闪道！闪道！大宰相过来喽！

张不三　（上。红袍玉带，手执马鞭，得意扬扬。后面随从数人，张伞持

　　　　枪，威风凛凛。唱）

　　　　要做一品官，

　　　　全凭心眼儿尖！

　　　　黑心眼，别人看不见，

　　　　只见红袍在我身上穿！

　　　　哎呀，我的天，一人之下，万人之上，

　　　　就是俺张不三！

　　　　〔王小二迎面走来。

二公差　闪开！闪开！

王小二　嗨，张不三，我找你来了！

张不三　你是谁？

王小二　连王小二都不认识了吗？

张不三　我是宰相，怎么会认识你？

王小二　噁！翻脸不认人哪！

张不三　快滚开！

王小二　张不三，你骗走我的宝船，一去不回头，还假装不认识我，你是

　　　　多么坏的人哪！二句话没有，给我宝船！

张不三　宝船已经交给了皇上，皇上叫我做了宰相。告诉你，你有四个脑

　　　　袋也惹不起我，八个脑袋也惹不起皇上！

王小二　皇上也得讲理！皇上也没长着八个脑袋！

张不三　好吧，咱们就试试谁更厉害！来呀，拉下去打！

〔随从上前捉王小二。

王小二　（抽出斧子）看谁敢动手！

张不三　王小二，你抗上可不行，别自寻苦恼！

王小二　你敢无理打人，我就还手！

张不三　给你二百钱，乖乖地回家吧！

王小二　我要宝船！

张不三　好！拉下去，重责四十大板！

　　　　〔王小二抵抗，但寡不敌众，被二随从拖下去。

张不三　哈哈哈！打道上朝！（下）

　　　　〔幕后喊：一十，二十，三十，四十！

随从甲　（上）这个王小二真是好样儿的！一声也不哭！

随从乙　哼！我看他恐怕活不成啦！

　　　　〔仙鹤等匆匆跑来。

仙　鹤　嗨！你们说的是哪个王小二？

随从甲　跟宰相要宝船的那个王小二！

蜂　王　宰相是谁？

随从乙　张不三，张大人！

大　家　张不三！王小二在哪儿呢？

随从甲　在那边！（同乙下）

仙　鹤　快走！找小二哥去！

大　家　快走！小二哥！小二哥！

　　　　〔二道幕开：一座假山，数根翠竹，上有小亭。仙鹤等急跑。

仙　鹤　小二哥！小二哥！

大　家　小二哥！你在哪儿哪？小二哥！

　　　　〔王小二躺在亭内，大家看不见他。李八十老人在亭内立起来。

李八十　谁叫小二哥哪？

大　家　是我们，老爷爷！你看见王小二没有？我们是他的好朋友！

李八十　快来吧，孩子们！小二叫张不三给打伤啦！

仙　鹤　老爷爷，我这儿有灵芝草！

蜂　王　我这儿有蜂蜜！

李八十　你们两个上来！

仙　鹤　（同蜂一齐跑上去）小二哥，我们来了！

　　　　〔大蚂蚁与大白猫也要上去，李八十出来，拦住他们。

大蚂蚁　老爷爷，叫我上去！

大白猫　叫我上去！

李八十　亭子小，咱们在下边等着去吧！

大蚂蚁　不行啊，老爷爷！我得看看小二哥怎样了！

大白猫　老爷爷，我是小二哥最好最好的朋友啊！让我上去！

李八十　孩子们，听话，下去！王小二的伤很重，可是有了灵芝草就一定
　　　　能治好！来，随我来！（拉他俩下来，坐于石上）

大白猫　小二哥呀！（哭）

李八十　别哭！别哭！

大蚂蚁　别哭！走！咱们找张不三去！他打了小二哥一顿，咱们打他
　　　　三顿！

大白猫　走！（掏出半条干鱼来）来，我这儿还藏着半条小鱼，给你一半
　　　　儿，吃吧！一边走一边吃！走！（吃着走）

李八十　孩子们，听我说！等王小二好过来，大伙儿一块去，才打得过张
　　　　不三呢！

大蚂蚁　（向亭子问）小二哥怎么样啦？

仙　鹤　（探出身来）行啦！行啦！睁开眼睛啦！你们等等再上来！（又蹲
　　　　下去）

蜂　王　（也探出身来）他已经吃了两口蜂蜜，放心吧！（蹲下去）

猫、蚁　告诉他，我们也来啦！（缓和下来，坐在老人旁边）

大白猫　嗯？我的鱼呢？

李八十　你不是已经吃了吗?

大白猫　真把我急糊涂了!

大蚂蚁　老爷爷,你是谁呀?

李八十　快长快长,乘风破浪!

蚁、猫　啊! 你是李八十爷爷?

李八十　对喽! 最爱孩子的李八十!

大蚂蚁　你怎么知道小二哥有了灾难呢?

李八十　我听人说,张不三献宝船,做了宰相。我一想,天下只有一只宝船,怎么落在张不三手里了呢? 所以呀,进城来看看。可巧,看见王小二在这儿躺着,我就把他抱到亭子里去啦。

　　　　〔传来锣声。

大蚂蚁　宰相又过来了吧? 听,锣响! 大白猫,准备打!

　　　　〔蜂王在亭内立起,向外看。

蜂　王　什么事呀? 锣响!

大蚂蚁　小二哥怎么样?

蜂　王　(下来)已经坐起来了,待会儿就下来!

　　　　〔来了二差人,一人叫喊,一人打锣。

差人甲　皇上有圣旨,大伙儿用心听!

差人乙　(打锣)当,当,当!

差人甲　公主有了病,要请好医生!

差人乙　(打锣)当,当,当!

差人甲　谁能治好病,算是立奇功! 年轻的招驸马,年老的把官封!

差人乙　(打锣)当当,当当,当当! (同下)

蜂　王　老爷爷,公主是谁?

李八十　公主就是皇上的女儿。

大蚂蚁　老爷爷,驸马是哪一种马呢?

李八十　驸马不是马!

大白猫　大概是驴？

李八十　也不是驴！驸马是公主的丈夫！

蜂　王　噢！谁给公主治好了病，谁就娶她做老婆，对吧？

李八十　对！

蜂　王　（向小亭）怎样啊？

猫、蚁　怎样啊？

仙　鹤　（扶起小二）看！小二哥好啦！

　　　　〔王小二同仙鹤走下来，大家上去，亲他，抱他。

王小二　谢谢老爷爷！谢谢大家！

大　家　不谢、不谢！彼此帮忙！（一齐拍手，跳着，念着）好快活，好
　　　　快活，灵芝草救活了小二哥！好二哥，二哥好，乐得我们跳破
　　　　了脚！

王小二　老爷爷，朋友们，坐下！坐下！大家商量商量，怎么要回宝船来！
　　　　〔大家静下来，都坐下。

仙　鹤　老爷爷先说！

李八十　我说呀，宝船在皇上手里，就找皇上去！

大　家　对！走啊！走！

王小二　等等！不经一事，不长一智，刚才我吃了亏，为什么？因为事前
　　　　没准备好！咱们去找皇上，得先想好了办法！去找皇上，皇上肯
　　　　见咱们吗？

大白猫　哼，皇上比我还懒，准不见咱们！

仙　鹤　我有办法！公主不是有了病，请医生吗？好啦，叫小二哥当大夫，
　　　　拿着灵芝草，去给公主治病，准能进去！

大　家　（鼓掌）好主意！好主意！

蜂　王　刚才小二哥挨了打，因为一个人力量小啊！这回，咱们都跟小二
　　　　哥去！

王小二　是呀！皇宫里有皇上，有兵，还有张不三，咱们得多去几个人！

蜂王，你带着小蜜蜂没有？

蜂　王　（示以口袋）我带来五百名蜜蜂兵，都能征惯战！

大蚂蚁　（示以口袋）我也带来最会打仗的精兵一千名！打起来，咱们准
　　　　打胜！

王小二　好！可是呀，咱们也得用心思，处处留神，一点别上当！仙鹤常
　　　　在水里耐心地捉鱼，所以最稳当。蜂王也有心眼儿。大蚂蚁有时
　　　　候太急。大白猫呢又懒又馋！大白猫，到宫里，谁给你吃的也别
　　　　要，也别打盹！

大白猫　是啦，我知道自己的毛病！

大蚂蚁　我听你的，你说打，我才打，决不乱来！

王小二　好，老爷爷，还有什么嘱咐我们的？

李八十　你们想得很周到！可是呀，他们的模样不行啊！到了皇宫，人家
　　　　一看这怪模怪样的，准不许进去！

王小二　对呀，老爷爷，你有办法吗？

李八十　等我想想！我小的时候，妈妈教给我两句话，一念就会变！

仙　鹤　快想吧！老爷爷！肃静，叫老爷爷好好地想！

李八十　（想了会儿）嗯！嗯！想起来了：要变男的呀，说：der、嗒、我、
　　　　喝、哨！

大白猫　要变女的呢？

李八十　说呀：呲、布、楞、登、呛！都记住了吗？

大　家　记住了！der、嗒、我、喝、哨；呲、布、楞、登、呛！

李八十　对！对了！你们真聪明，一学就会！好啦，我走啦！

王小二　老爷爷，不跟我们进宫吗？

李八十　不啦！你们人多，又齐心，准能成功，我很放心！万一有什么急事
　　　　儿，你们一喊：八十加九十一百七，我就会来！再见，孩子们！

大　家　再见，老爷爷！慢慢地走！

　　　　〔李下。

大蚂蚁　走吧，快着点，给张不三一个冷不防！

仙　鹤　你又着了急，咱们还没变哪！小二哥，说说，都怎么变？

王小二　男变女，女变男，好不好？

大　家　好！

大白猫　好极啦！我正想变个姑娘！老当男的，多没意思啊！

王小二　就变吧！

鹤、蜂　走！der、嗒、我、喝、哨！（跑向假山后）

猫、蚁　走！呲、布、楞、登、呛！（跑向假山后）

王小二　（叫）仙鹤！多变一套衣裳，我穿！我原来的这一身叫他们打坏了！

仙　鹤　（内白）是啦！

鹤、峰　（出来。鹤穿白，戴小红帽。蜂穿黄，戴小黑帽）看，变得怎样？

王小二　好！你们俩当作我的徒弟。你（指鹤）叫白哥。你（指蜂）叫黄弟。

猫、蚁　（出来。猫穿红衣，蚁穿绿衣）看，变得怎样？

王小二　好！大白猫，哈哈哈！（众皆大笑）

大白猫　（莫名其妙）怎么啦？

王小二　你这个懒东西，怎么不变全了呢？大姑娘有带着尾巴的吗？

大白猫　（摸了摸）咪——哈哈哈！不要紧，藏在衣裳里就看不见了！

（藏尾）

仙　鹤　（递衣）给你，小二哥，穿上吧！

王小二　（边穿边说）大白猫，你叫红姐。大蚂蚁，你叫绿妹。

你们俩当我的妹妹。灵芝草、蜂兵、蚁兵都带好了吗？

大　家　都带好啦！

王小二　我们走吧！（白哥、黄弟在前，小二在中间，红姐、绿妹在后）

走！左右左！左右左！（下）

第三幕

时　间　前场后片刻。

地　点　皇宫。

人　物　皇上、内侍甲乙、卫兵、王小二、仙鹤、蜂王、大蚂蚁、大白猫、
　　　　张不三、公主、宫娥数人、李八十

〔幕启：金殿内，皇上坐当中，二内侍两旁侍立。龙案上摆着一大
堆葱花烙饼，一大盘子煮鸡蛋。他正在摆弄宝船。装宝船的小盒
在案上放着。

皇　上　快长快长，乘风破浪！（船变大）好玩！好玩！哈哈哈！（拿起一
　　　　个鸡蛋，在脑门上碰，蛋碰破了，即蘸点盐花，吃着）水落收船，
　　　　快快还原！（船变小）好玩！好玩！哈哈哈！（又在脑门上碰一蛋，
　　　　吃着）什么宝贝也没有这个好玩！

卫　兵　（上）启奏万岁，有个王小二求见！

皇　上　没工夫！我这儿正玩得怪高兴！

卫　兵　他说，他会治公主的病。

皇　上　会治病啊？进来吧！（忙将宝船藏入怀里）

卫　兵　领旨!（喊）王小二上殿!（下）

王小二　（应声）来喽!（领仙鹤等同上,一齐说）皇上,皇上,你好啊?

皇　上　废话! 我是皇上,有什么不好? 来呀,把他们推出午门斩首!

仙　鹤　你斩不了我,我会飞!

蜂　王　我也会飞!

大蚂蚁　我会地遁!

大白猫　我会上房!

王小二　你瞎扯! 凭什么要斩我们呢?

皇　上　见了皇上,不下跪磕头,还不该斩首吗?

王小二　你派人去请大夫,大夫来了,谁该给谁磕头啊?

皇　上　这个……（问内侍）该怎么办?

二内侍　一点办法没有!

皇　上　请宰相,商议大事!

二内侍　宰相上殿哪!

　　　　　〔蚂蚁等要动手迎击张,王小二阻止。

张不三　（上,念）宰相上金殿,没事瞎捣乱。臣张不三见驾,吾皇万岁!

　　　　（连连磕头）

王小二　（对鹤等）就是这样的人才爱磕头!

皇　上　（对小二）你看,宰相多么有礼貌!

王小二　这会儿有礼貌,待会儿会把你害死!

大白猫　他还会偷吃的! 皇上,留神你的烙饼!

张不三　（立,看见小二,惊异）啊? 是你?

王小二　是我! 还活着呢,没叫你给打死!

张不三　（旁白）哎呀,怪呀! 他怎么还活着呢?（向皇上）万岁,这是一群野孩子,把他们打出去!

皇　上　对! 打出去!

王小二　打出我去,谁给公主治病呢?

皇　上　是呀！别打出去！

张不三　（旁白）他要是当了驸马，我这个宰相可就不好做了！（向皇上）万岁，他是打柴的，不会治病！

王小二　我不会治病，你会吗？

张不三　那……

皇　上　得！又问住了一个！来呀，请公主！

内侍甲　公主上殿！

张不三　万岁，干吗请公主？

皇　上　废什么话，治病嘛！

公　主　（二宫娥引上）参见皇父！

皇　上　罢啦！叫王小二看看你的病！

张不三　公主！公主！这个穷小子冒充大夫！

公　主　我都快死啦，你怎么还拦着我治病呢？你多么坏呀！

鹤　等　他坏透了！

王小二　公主，你得的是什么病啊？

公　主　累的！累坏啦！

大　家　累坏了？累坏了？

王小二　你一天干多少活儿，累成这个样呀？

皇　上　别听公主的！我叫她一天吃十五顿饭，别的什么也不干！

公　主　是呀，吃十五顿饭还不累得慌吗？我浑身都疼！

皇　上　小女孩子，没出息！我一天吃二十四顿饭还不累得慌呢！

王小二　公主，我能治你的病！白哥，拿灵芝草来！

张不三　公主，灵芝草不是葱，不是蒜，没地方找去！他瞎扯呢！

仙　鹤　（掏出仙草）灵芝草在这里！（递给小二）

王小二　（用仙草抚擦她）怎么样？怎么样？

公　主　真灵啊！身上都不疼了！

王小二　跳跳！跳高高的！

公　主　(跳) 咦! 怪舒服!

王小二　再跑个圈儿!

大　家　我们陪你跑一圈! (同公主跑)

公　主　真痛快! 真好! 头上有点汗啦!

王小二　公主,你的病就算好啦! 从今以后,你要是一天只吃两顿饭,常
　　　　跑跑跳跳的,多干点活儿,就不会再闹病了!

公　主　好! 我听你的话! 谁不愿意结结实实的呢!

王小二　你歇会儿去吧!

公　主　谢谢你! 谢谢你! (向皇上) 皇父,我看你也少吃点吧!

　　　　(领宫娥下)

张不三　万岁,你看,王小二刚来这么一会儿,就把公主教坏啦! 还不轰
　　　　出他去?

皇　上　对! 王小二呀,把灵芝草留下,你走吧!

王小二　给我宝船,我马上走!

皇　上　宝船? 那是宰相给我的!

王小二　他从我家里骗了走的!

张不三　万岁,没有这个事! 快把他打出去!

王小二　好! 张不三,刚才你仗着人多,打了我一顿,现在咱们单对单
　　　　(脱衣),看看谁成谁不成! 接衣服! (扔衣,蚁接住) 张不三,
　　　　来吧!

皇　上　这好玩,好玩! 宰相,跟他打!

张不三　宰相是文官,不动武!

王小二　你没骨头!

张不三　我没骨头,有脑子,咱们斗斗智! 万岁,我出个谜语,王小二要
　　　　是猜对了,给他宝船! 猜不对,打八十大板!

皇　上　行啊! 出个最难猜的!

张不三　王小二,听着! 什么花儿热?

大白猫　瞎说八道！花儿没有热的！

王小二　红姐，听着！他难不倒咱们！

张不三　什么花儿热？什么花儿凉？什么花儿是木头？什么花儿噼里啪啦炒得香？

蜂　王　什么花儿我都认识，根本没有你说的这些花儿！

王小二　黄弟，别说话，让我好好地想想！

张不三　内侍，预备好大板子，他猜不上来！

王小二　张不三，听着！灯花儿烫手热！

鹤　等　对呀！对！（鼓掌）

王小二　灯花儿烫手热，雪花儿片片凉！刨花是木头，玉米花儿炒得香！

鹤　等　好哇！好哇！（欢跳）

王小二　皇上，拿宝船来！

皇　上　等等！你再猜猜我的！我有花两种，让你猜不着！你要猜不着，打你后脑勺！猜吧！

王小二　猜对了，给我宝船？

皇　上　对！

王小二　一猜就猜对，你的花两种：盐花儿蘸鸡蛋，葱花儿烙大饼！

鹤　等　对！对！鸡蛋和烙饼，皇上是饭桶！

王小二　怎样？皇上！

皇　上　猜是猜对了！可是，他们说我是饭桶，该罚，我没收你的宝船！

王小二　皇上，你不是饭桶，是什么呢？

皇　上　我，我，我是什么呢？宰相，再出好主意，快！

张不三　万岁，叫公主同七个宫女都一样打扮，蒙上头，遮上脸，叫王小二认。一认就认对，算他赢了；认不对，不叫他做驸马，也不给他宝船！

鹤　等　这不公道，不公道！

皇　上　不公道？干吗要公道呢！来呀，去叫公主预备！

内侍甲　领旨!（下）

皇　上　哎呀，我要上厕所! 宰相，带路!

张不三　领旨!（同皇上、内侍乙下）

大白猫　这怎么办呢? 怎么认出公主来呢?

大蚂蚁　咱们痛痛快快地打吧!

仙　鹤　先想想办法，文的不行再动武的!

蜂　王　对! 小二哥，我看出来了，不知你看出来没有?

王小二　我也看出来了，（指头）这个!

蜂　王　对!

大白猫　什么呀? 快说吧!

王小二　公主头上戴的是鲜花。

蜂　王　宫女戴的是纸花!

仙　鹤　对呀! 鲜花有香味儿!

王小二　公主来到，蜂王放出些个蜜蜂去。

大蚂蚁　（跳起来）对! 哪个头上有蜜蜂儿围着，哪个就是公主!

大白猫　对! 你们这么一说，我也想明白了!

皇　上　（同张、内侍乙回来）公主还没来吗? 快着点!

内侍甲　（上）公主到!

皇　上　快进来!

　　　　〔七个宫女与公主结队而来，头与脸都遮得严严的，缓行轻舞。蜂
　　　　王放出蜜蜂。鹤等亦舞。

皇　上　有趣，有趣! 八个姑娘，都一边儿高，一样的打扮，怎能认出
　　　　来呢?

王小二　（看了看，过去拉）一、二、三、四、五，驸马拉公主!

公　主　（揭开自己的头纱）哈哈……一点也不假，公主爱驸马! 王小二，
　　　　我跟你去，咱们走吧!

王小二　听我说: 一年之内，你要是天天种菜、浇花、洗衣裳、织布，把

身体练得棒棒的，壮壮的，我就来接你。

公　主　一年?

王小二　一年!

公　主　你准来?

王小二　准来! 见了面，我一看，你的脸蛋红扑扑的，眼睛亮堂堂的，腰板儿直溜溜的，胳臂硬邦邦的，我就拉着你走! 好不好?

公　主　好，我从明天就干起活儿来!

王小二　干吗等到明天呢? 现在就去干点什么吧!

公　主　(对宫娥们) 走! 我们去找点活儿干! (宫娥们都露出头脸，舞蹈着下) 王小二，再见!

王小二　(同大家) 再见! (向皇上) 皇上，你全输了，拿来吧!

皇　上　做驸马就行了吧? 别要宝船啦!

王小二　不行，我要宝船!

皇　上　咱们俩谁拿着它不一样吗?

王小二　不一样! 你拿它当玩艺儿，我用它救人!

皇　上　这怎么办呢? 好吧，我给你一斗金子!

王小二　我不要金子!

皇　上　我给你一所大房子!

王小二　我不要大房子!

皇　上　宰相，出主意呀! 别站在那儿看热闹!

张不三　万岁，我有主意! 王小二，你说宝船是你的，有什么证据?

王小二　你有什么证据，说它是你的?

张不三　那是我的传家之宝!

王小二　好! 我找个证人，看他怎么说! (与大家同喊) 八十加九十一百七! 八十加九十一百七!

李八十　(忽然出现) 孩子们，我来了!

皇　上　哟，哪儿来的白胡子老头呀!

李八十　我叫李八十。宝船哪，是我给王小二的！

张不三　你给他的？谁看见啦？

李八十　你这个坏人！我老头子一辈子没说过一句假话！

张不三　你现在说的就是假话！

李八十　孩子们，你们说呢？

大　家　他敢骂老爷爷说假话，打他，打他！（围上张）

张不三　（害怕）亲爱的小二哥，亲爱的朋友们，放我回家吧，我还没吃饭呢！

王小二　我们不再听你的甜言蜜语！

仙　鹤　这个家伙，一会儿软，一会儿硬，真会变！咱们就叫他变吧！

大　家　对！对！

王小二　叫他变个大灰狼吧！老爷爷，人变走兽该怎么说？

李八十　说八十减九十，不大好减！

大　家　（扯住张，喊）八十减九十，不大好减！

　　　　〔扯他入幕旁。一声狼嗥，张已变了，大家牵他出来。狼又摇头，又摆尾，口中还乱七八糟地出声。

大　家　（围狼欢跳）张不三，大宰相，不仁不义变了狼！

王小二　皇上，拿宝船来！

皇　上　（拿起桌上的小盒，递）拿去吧！（收拾鸡蛋、烙饼等，要逃走）

李八十　小二，打开看看！

王小二　（打开小盒）啊哈，空的！白哥，黄弟，红姐，绿妹，杀上前去！

　　　　〔大家七手八脚，齐攻皇上。他的头被蜂子蜇肿，身上被蚂蚁叮坏，连哭带嚷，不住求饶！

皇　上　饶了我吧！别打啦！给你！（掏出宝船）给你！

王小二　（接船）收兵！收兵！（但蚁与蜂犹有余勇，各自表演武技）行啦！行啦！

　　　　〔他们停下来。

李八十　小二，看看是真的，还是假的！

王小二　快长快长，乘风破浪！（船变大）老爷爷，是真的！我们走吧！

仙　鹤　这不是个好皇上，叫他也变变吧？

蜂　王　叫他变个大肥野猪！

大　家　好！八十减九十，不大好减！（一声猪叫，皇上变成了野猪）臭皇
　　　　　上，又坏又糊涂，叫他变个大野猪！

李八十　孩子们，唱吧，跳吧，庆祝宝船又回到咱们手里啦！

　　　　〔领头从容地起舞。孩子们围着老人且歌且舞。

合　唱　好欢喜，好欢喜，

　　　　打败了皇上，得回宝船！

　　　　得回宝船，好喜欢，

　　　　打败了坏人张不三！

　　　　欢欢喜喜回家转，

　　　　叫妈妈收好宝贝船！

　　　　欢喜，喜欢，欢喜，喜欢！

　　　　我们得回救人的宝贝船！

　　　　〔大家往外走，猪与狼哀叫不已。

（全剧终）

青蛙骑手

第一场

时　间　在古远时代的那么一天。

地　点　青蛙骑手的家。

人　物　母亲、蛙儿、父亲

〔幕启：一片晴空，远山起伏。近处山坡上种着点青稞。山凹避风处有两间破旧的小屋——青蛙骑手的家。母亲独自在屋外缝补旧衣。

母　亲　如水光阴日夜流，

廿载风霜，青年夫妇白了头！

怕只怕没有继世的好儿女，

青山有柴谁去收？

我夫妇也曾日夜勤祷告，

含着热泪呀向江山主宰虔心祈求：

神哪，我们无贪心，只求一件宝，

有了这件宝，青山常在水长流！

神哪，赐给我们一个健壮的好儿子，

能耕能种，能骑快马猎牦牛。

神知道：没有勤劳善良的下一代，

山为谁来绿，水为何人流？

感谢神，听到了我们的虔诚祈祷，

我年过四十啊昂起了头：

谁敢再笑我是华而不实的树？

五月的红花呀，结了石榴！

唉，可是呀，怀胎七月，受尽辛苦，

生下个青蛙，圆胖的身上绿油油。

一对鼓鼓的眼，一张阔阔的口，

没有柔软的黑发盖着头。

难怪老伴儿双眉皱，

我自己呀，也怎不满面羞！

神哪，我做过什么不公正的事，

不给我们添喜只添忧！

老伴儿要将蛙儿弃到池塘里，

清风明月任它独自水中游！

我不！不！莫说一条活生命，

就是一块石头啊，娘也要紧紧搂在胸头！

自己的孩儿多么丑陋也不丑，

我与它形影不离，七度春秋。

我不肯叫它出门去玩耍，

唯恐啊，叫外人看见闲言碎语喋喋不休！

可是呀，哪个娃娃不爱玩耍？

哪个英雄成长在屋里头？

转眼不见，蛙儿又跑出去，

儿去游山玩水母担忧！

（叫）蛙儿！蛙儿！

〔音乐奏《青蛙之曲》。蛙儿负着一大捆干柴，手持一束野花，上。

蛙　儿　上山打柴是一个好游戏，

顺手儿摘来几朵花；

有柴好生火，

野花献给亲爱的妈！（放下柴，献花）

妈，看我长得多么快！

母　亲　七岁身高四尺五，我的好娃娃！

蛙　儿　看我的力气多么大！

母　亲　这些柴火本该两人抬，我的好娃娃！

蛙　儿　我的头还没顶到天，

我的力气还不能降野马！

我要天天越岭登高峰，

天天游泳在龙潭下，

练成钢筋铁骨力拔山，

天下第一个好娃娃！

母　亲　可惜呀，你的心雄貌不美，

哪个贤惠的姑娘肯配你成家？

可怜呀，你本该自由自在去玩耍，

可怎奈外人会说闲言与歹话！

蛙　儿　好妈妈，别再多说这样伤心的话，

青蛙，青蛙，消灭害虫谁能比他！

他的功劳大，

他的品质佳，

千年万载都嘲笑他丑陋，

莫非是人间轻视品质，只重貌如花？

谁敢与我为敌，笑我的琉璃眼，

我怒目相视，瞪碎了他！

谁敢看我好欺侮，

我鼓起胸膛，准备厮杀！

放心吧，妈，我会越长越英俊，

心是金的，眉宇自会露光华！

〔父亲垂头丧气地走来。

父　亲　神明不佑寒苦人，

头人的威风啊比天还大！

蛙　儿　亲亲热热叫声爸，

是头人吗？他又欺侮了老人家？

告诉我，告诉我，

我不忍看愁云在你的眉头挂！

快告诉我，快，

我不忍看耻辱、暴力在你的背上压！

都告诉我，告诉我！

我把耻辱、忧愁送还头人的家！

父　亲　算了吧！少说话！

你呀，你就是祸根生出的芽！

蛙　儿　啊！什么？

老父亲，你，你说什么？

母　亲　父子且莫吵，

先说心腹话！

头人怎么说？

你怎回复他？

父　亲　那头人，头人……

蛙　儿　说吧！头人不是神，是神也不怕！

母　亲　说吧，我家不欠他的粮，

没有借过他的盐与茶!

父　亲　都是你，你，不听我的话，

不将蛙儿好好藏在家!

头人看见了他，

听见了他说的话!

他问我：为什么刚刚生下不就杀掉，

敢将妖怪当作好娃娃?

他问我：为什么不早些去禀告?

他有七星宝剑把妖怪杀!

他说呀：妖魔长大必成患，

惹起天怒啊，殃及千万家!

母　亲　头人要怎样?

怎样处置神赐的小娃娃?

父　亲　头人说，三天内，

三天内结果了小青蛙!

不然，不然哪，

他会杀净我们全家!

母　亲　拉住我的心上肉，

儿呀，不要伤心不要怕!

为娘的迟早有一死，

我情愿一死救娃娃!

蛙　儿　妈妈莫惊慌，

爸爸不要怕!

紧紧腰间的带，

拿起一枝山上的花，

辞别好双亲。

母　亲　儿呀，难道就这样逃出了家?

父　亲　老婆子！刀在颈上还不逃走？

　　　　难道你愿亲眼看着杀了他？

　　　　他走后，头人必来细追问，

　　　　儿呀，为保全你呀，苦了爹妈！

母　亲　儿呀，逃命吧！

　　　　不必管我们如何受惩罚！

　　　　娘去做些干粮儿带上，

　　　　好好藏在深山古洞莫思家！

蛙　儿　好爸爸，好妈妈，请听我的话：

　　　　我要啊，谁想杀我，我去寻他！

父　亲　傻娃娃，闭上你的嘴，

　　　　放下你的花！

　　　　那头人的厉害你能不知道？

　　　　刀枪如林，毒箭暗中发！

　　　　你远走高飞还怕难逃命，

　　　　怎可以找上门去请他杀？

蛙　儿　他既要杀我，

　　　　躲避不如面见他！

　　　　他的威风大，

　　　　别人怕他我不怕！

　　　　丑陋的模样不是罪！

父　亲　他还听见了你的话！

母　亲　什么话？什么话？

　　　　童言无忌，头人干吗害了怕？

父　亲　遇见耕田的老夫妇，

　　　　或是山中放牛的小娃娃，

　　　　他就乱说：世人不应分贫富，

百姓不受官欺压!

他还说,修一条大道通北京,

来来往往,汉藏成一家!

蛙儿,回答我,你说过没有这些梦话?

蛙　儿　说过! 说过!

一点儿也不假!

母　亲　蛙儿,宝贝,谁教给你的这些话?

为什么不先告诉老爹妈?

蛙　儿　我时常梦见慈悲"地母",

告诉我这三条的就是"地母"老人家!

怕爹妈不信,不敢在家中讲,

先去试试老人与牛娃。

父　亲　这些话就惹下杀身的祸!

母　亲　头人愿千年万代把百姓欺压!

蛙　儿　头人难道比"地母"大?

难道说他不愿听的就是假话?

叫声亲爱的爸,

叫声亲爱的妈,

你们难道愿意受欺压,

不肯相信"地母"的话?

母　亲　"地母"慈悲爱世人,

可是呀,千年的冰河何日得融化?

蛙　儿　"地母"的语言是蟠桃的芽,

百年千年,一代几代,终必会开花!

我们要生儿养女一代传一代,

源远流长,流到那东海呀万水之家!

那头人有三个美闺女,

天上降落的三朵花。

三朵花中我去要一朵，

烧茶做饭伺候老人家。

她生儿，她养女，

代代传说"地母"的话！

父　亲　娃娃！红日当空，休再说梦话，

哪朵鲜花肯到这苦山洼？

快，快，快去逃活命，

我的儿，我的小冤家！

蛙　儿　孩儿不是说梦话，

父子情深不是冤家！

锅儿不漏因有底，

根深的树木开满了花！

我辨阴晴，识冬夏，

我知道，要战胜头人先别怕！

二老休担心，

相信儿的话，

明早青天绣锦霞，

回来的是儿和媳妇并蒂的花！

（边唱边走）我唱着歌儿去，

明天，我唱着歌儿回到家！（下）

父母亲　（追叫）蛙儿！蛙儿！

〔蛙儿已走远。

第二场

时　间　前场后片刻。

地　点　头人家里。

人　物　大姐、二姐、三姐、仆甲、头人、仆乙、男女仆若干、蛙儿

〔幕启：一间相当阔绰的大厅。大姐与二姐闷坐无聊。

大　姐　天下什么最虚空?

二　姐　莫非是青山寂寂，花儿为谁红?

大　姐　不对! 清风吹过香十里，招来呀多彩的蝴蝶、金色的蜂!

二　姐　莫不是天上的白云最寂寞，

终日里飘来飘去西到东?

大　姐　不对! 白天随着和风翩翩舞，

夜晚悄悄地吻群星!

我看哪，唉! 唉!

我们姐妹最虚空!

二　姐　咱们? 既非天上的云两片，

又非空谷幽寂花两丛!

身穿天堂苏杭来的绸缎，

头戴珍珠日夜明！

大　姐　绸缎不说知心话，

珍宝啊冷冰冰地不出声！

并蒂花儿不在春天放，

转眼哪风雪无情入了冬！

二　姐　大姐呀，这番一猜必猜到。

大　姐　说吧，快快说与大姐听！

二　姐　你呀，痴望着星天暗祷告，

但愿那牛郎来会织女星！

大　姐　天上的星星我不问，

我只盼地上的鸳鸯早相逢！

妹妹不要面红装正经，

哪个美女不想早日配英雄？

可叹哪，父亲更爱牛和马，

不关心女儿们的好事情！

二　姐　可叹哪，父亲更爱财和宝，

不关心姑娘们的好事情！

〔三姐上，捧着茶具，伺候她们。

三　姐　大姐、二姐请把茶用，

用过了，好去散闷后园中。

大　姐　我闷与不闷何劳你在意！

二　姐　我们散闷，你好偷懒睡到日西倾。

大　姐　（见三姐垂首）不许你低头，暗中诅咒我！

二　姐　（见三姐扬头）你是谁？敢怒目相视挺起胸？

大　姐
　　　　早晚撕碎你的脸，
二　姐

去掉你的娇媚，

只给你留下穷！

　　　〔仆甲上。

仆　甲　小姐们，祥风吹动了门前柳。

大　姐　莫非来了求婚的美英雄？

仆　甲　大小姐，你的聪明世上少有！

二　姐　快说！快说！他带着多少礼品与仆从？

大　姐　妹妹你先少开口，

求婚的一定久慕我的名！

三丫头你将这里收拾洁净！

二妹呀，快来帮我重整花容！

好仆人，你去禀告我的父，

告诉他换上新衣把娇客迎！

　　　〔仆甲下。大姐携二姐急下。三姐收拾屋中。

三　姐　父母双亡无弟兄，

举目无亲天地空！

别人家的粮食难下咽！

别人家的衣服暖不到心中！

虽然头人是义父，

我与奴婢地位同！

神给我一张俊秀的脸，

苦人的美丽招来恨无穷！

我无暇，也不敢，描眉敷粉，

我没有，也不盼，饰锦披红！

可是呀，姐姐们害的是嫉妒病，

我无心的一笑啊，她们都说我卖风情！

神哪，一阵清风吹去我吧，

那积雪的高山也比这里温暖，多些春风！

在那里，我拾取松枝燃起火，

烹些雪水甘且清！

在那里，我会昂首高歌与长啸，

唱得那云霞含笑天地明！

不再看这里男女的丑嘴脸！

不再听这里的肮脏的数钱声！

再没人待我如牛马，

我自己操劳，热汗哪融解了千年的雪与冰！

〔大姐、二姐回来，都顾影自怜，做出各种娇态。

大　姐　祥风吹到家门口，

吹开我身上每个小毛孔！

看，衣裳发光彩，

他的气度可像贵人，英武雍容？

体儿倍玲珑！

求婚的贵客呀，留神，不要睁大了眼，

留神我的光彩闪得你双目微微的疼！

进来吧，别怕手足失措，忘了礼貌，

我会原谅你，我的美呀叫神人也会似醉如疯！

二　姐　姐姐呀，你的自信超过自知，

跟我比比吧，谁的眼比夜明珠更明？

谁的桃腮与俏眼，会在微笑里，

斟酌着透露浅意或深情？

姐姐呀，我决不与你争爱夺宠，

可是对不起，我的美丽自自然然使你拜下风！

大　姐　不要向我夸海口，

省得呀，我的胜利叫你难为情！

（转向三姐）你还在这里干什么？

难道说相女婿的事儿你也敢竞争？

三　姐　唉！你的怒容我看惯，

息怒吧，把求婚的吓坏，好事难成！（下）

大　姐　
二　姐　呸！呸！

〔仆甲、乙引头人上。二女施礼。

头　人　求婚的是老还是少？

带着多少礼物与仆从？

仆　甲　很难辨出老或少，

独自一个没有仆从。

头　人　你怎么越活越糊涂？

一个穷汉也值得我出迎？

仆　甲　不是我大胆惊动你，

客人说呀，你不接见就是大不敬！

头　人　不敬？不敬？什么人这样大胆狂妄？

去，去告诉他：惹恼了我呀，手下不留情！

大　姐　且慢！亲爱的父亲莫动怒，

等我慢慢把事问清。

老仆啊！那客人的相貌是丑还是俊？

仆　甲　他的相貌世上少有！

二　姐　父亲哪，你不出迎我去迎！

头　人　没有我的吩咐，谁也不许动！

大　姐　老仆啊，快说，他到底怎样与众不同？

仆　甲　他的脸，

大　姐　脸怎样？

仆　甲　比雨后的松针多着三分绿！

二　姐　绿叶正好配花红!

仆　甲　他的眼,

大　姐　眼如何?

仆　甲　两颗呀琉璃巨珠光四射!

二　姐　噢! 目光炯炯是英雄!

仆　甲　他的嘴呀,

大　姐　怎么样?

仆　甲　嘴角一直通到双耳!

二　姐　哎呀! 奇人奇相有奇能!

头　人　算了吧,分明这是小青蛙,

　　　　前来送死,我叫他活不成。

大　姐
　　　　青蛙? 青蛙? 敢来求婚,
二　姐

　　　　必定是妖精! 必定是妖精!

　　　　三丫头,小妖精! 快来! 快来!

　　　　〔三姐急上。

　　　　你配青蛙正好妖精爱妖精!

头　人　叫那找死的进来吧,

　　　　自取灭亡,莫道我无情!

　　　　〔仆甲下。

仆　乙　主人,他既敢来必定有本领!

头　人　叫男女仆从执枪仗剑速到前厅!

仆　乙　下面听着: 主人传唤齐进见,

　　　　各持枪刀与弩弓!

众　仆　(上)晴天白日处处安静,

　　　　并无匪盗来进攻,

　　　　主人犯了什么病?

叫咱们拿刀动杖带弩弓!

你吃粮,我们种,

你烧柴,我们供,

我们的手脚都为你劳动,

还叫持刀拔剑替你行凶!

送了我们的命,

尸骨哪,抛在多鹰的野山中!

(行礼) 参见主人公,

请你下命令!

头　人　弓上弦,刀出鞘,

　　　　准备厮杀灭妖精!

众　仆　我们会干活儿,

　　　　还没学会捉妖精!

头　人　紧紧护着我,不许多出声!

　　　　我一抬手,说声"蛙",你们就进攻!

　　　　〔仆甲引蛙儿上。大姐、二姐惊慌后退。三姐不动声色。

蛙　儿　手举山中一朵花,

　　　　蛙郎来到头人家。

　　　　头人哪,你的闺女该出嫁,

　　　　给我哪个请你快回答!

头　人　嘟!嘟!嘟!说什么我家女儿该出嫁,

　　　　嫁谁也不嫁给小青蛙!

　　　　我正要捉你除祸害,

　　　　你来找死,别怨我将毒手下!

蛙　儿　丈人你说哪里的话,

　　　　谁见过喜气临门却把女婿杀?

头　人　谁是丈人?哪个是女婿?

蛙　儿　就是你、我，咱们俩！

头　人　小小妖魔太放肆，

　　　　口出狂言，胆敢将我来戏耍！

　　　　仆从们，仆从们，（抬手）

　　　　蛙！蛙！蛙！

　　　　〔仆从们刀枪齐举。

蛙　儿　（举起花来）你有刀枪我有花，

　　　　你那里蛙！蛙！蛙！我这里哈！哈！哈！

　　　　〔头人的手不能落下来，仆从们亦不能动。

头　人　啊？啊？啊？小妖真的有妖法，

　　　　气得我要咬碎了牙！（用力摇动胳臂，仍不能落下）

　　　　（改变态度）哎呀呀，体面的青蛙郎啊，

　　　　你爱闹着玩，我将你戏耍，

　　　　你若好意来求婚，

　　　　叫老丈人的手先放下！

蛙　儿　无理的手啊总想伸掌将人打，

　　　　和善的手啊愿将别人的手儿拉！

　　　　放弃你的毒狠与杀机，

　　　　我叫你高扬的手臂从容落下！

头　人　青蛙郎啊，不要误解我，

　　　　我的心慈善，我的手连一只鸡儿也不肯杀！

蛙　儿　你的唇上有蜂蜜，

　　　　心中却是毒蛇的家！

　　　　好吧，先把手放下！

　　　　说真话吧，我最恨的是虚假！

头　人　（放下手，仆从们亦收回刀枪）

　　　　亲爱的青蛙郎啊，

听我几句诚恳的话：

你要牛，我愿给你四五头，

你要马，我愿给你两匹雪白的马！

请你不要再提求婚的话，

你想想，我的女儿怎好配青蛙？

蛙　儿　不要你的牛，不要你的马，

只要你家中的一枝花！

我的双亲年年头上添白发，

为孝养他们，我须早成家！

头　人　（又渐渐强硬）你年幼不分好和歹，

我越退让，你会越自大。

告诉你，并非你一哈哈，我的手就放不下；

实在是刚才忽然臂上发了麻！

蛙　儿　幸亏发麻难落下，

要不然我的身首分了家！

谁不知你是这一方的小皇帝，

你要杀谁就去杀？

头　人　既知我是小皇帝，

你，丑陋的小东西，怎配当驸马？

好好地给我滚出去，

饶你不死，全因我的度量大！

蛙　儿　我比你的度量还更大，

饶恕你无礼，急等你的最后回答！

头　人　去！去！去到池塘高声唱，

你会找到个大眼大嘴的女青蛙！

蛙　儿　这是你最后的话？

头　人　不！最后还有一个"杀"！

蛙　儿　你的话好笑，

　　　　我就笑哈哈！

头　人　任凭你笑，任凭你哈，

　　　　决不容你妖言惑众说疯话！

蛙　儿　你听着，我要高声笑，

　　　　吉祥的事啊理当笑哈哈！（狂笑）

　　　　哈哈！哈哈！哈哈！

　　　　〔屋子震动。头人掩上双耳，身子左右摇摆。大姐、二姐亦掩上耳

　　　　摇摆，三姐不动。仆从们很齐地左右摇摆，如逢地震。

头　人　快快停止笑！

　　　　快快停住哈！

　　　　我的心飘荡，

　　　　我的眼发花！

　　　　我答应，我答应，

　　　　彩凤嫁青蛙！

　　　　〔蛙儿停笑，众安静下来。

头　人　大闺女呀，大姑娘！

　　　　你的岁数大，理应先出嫁，

　　　　你的心地好，

　　　　知道孝敬老爹妈！

　　　　你去，你去，

　　　　欢欢喜喜嫁给他！

大　姐　父亲哪，门当户对我愿早出嫁，

　　　　不等你催，我骑上快马心奔婆家！

　　　　我可是不能把这鲜花一大朵，

　　　　不插花瓶，却在粪上插！

头　人　姑娘，姑娘，救救我，

　　　　　我给你金银锦缎和牛马!

大　姐　你爱金银与牛马,

　　　　　我爱情郎俏似花!

　　　　　你怕这绿脸的小怪物,

　　　　　我有护身神符不怕他!

　　　　　〔抓起桌上的杯子,向蛙儿掷去。飞跑下。

头　人　青蛙郎啊,看我多诚实,

　　　　　愿把女儿嫁,丝毫不虚假!

　　　　　怎奈姑娘不点头,

　　　　　做父亲的慈心啊不许我强迫她!

　　　　　我赏你一斗金,赏你一斗银,

　　　　　好好地回去侍奉老人家!

蛙　儿　大姐刁怪难做贫家妇,

　　　　　那厢(指二姐、三姐)还有两枝花。

头　人　青蛙郎啊,听听我的话:

　　　　　欺侮人哪莫要欺到家!

蛙　儿　若讲欺人你是能手,

　　　　　你那饮血的枪刀专将好人杀!

　　　　　求婚若是难如愿,

　　　　　我会哭喊,哭喊到夕阳烘晚霞!

头　人　你的怪笑声刺耳,

　　　　　你要啼哭我不怕!

　　　　　淘气的孩子善哭啼!

　　　　　哭到了力尽筋疲啊,天下太平!

蛙　儿　我就试一试,

　　　　　看你怕不怕,

　　　　　看谁先力尽筋疲,

说好话。(哭啼)哇！哇！哇！

〔天旋地转，众人皆就地转圈。

头　人　青蛙郎！青蛙郎！

　　　　快快收住泪！立刻别再哇！

　　　　天地搬了家，

　　　　房屋要倒塌！

　　　　别再哭！别再哭！

　　　　哭声比笑声更可怕！

　　　〔蛙儿停哭，大家安静下来。

　　　　二姑娘！二小姐！

　　　　你快行好救命吧！

　　　　快快步上前，

　　　　接过他的花！

　　　　我将一半最好的田，

　　　　我将一半肥牛和骏马，

　　　　分给你，分给你，

　　　　只要你肯嫁给他！

　　　　你吃得好，穿得好，

　　　　就会忘了他的丑陋与卑下！

　　　　几时你心中不自在，

　　　　骑上骏马来住娘家！

二　姐　我比大姐多着几分美，

　　　　她若是杜鹃花儿我是山茶！

　　　　大姐既然不肯去，

　　　　父亲如何逼我嫁青蛙？

　　　　即使我愿低头遵父命，

　　　　怎奈呀你的尊严定要红日依山下：

头人的爱女配与小青蛙，

你还怎么夸口威风大?

人人都会在你身后指指点点，

拿你呀当作酒后茶余的小笑话!

头　人　姑娘有见识，

姑娘眼光大!

二　姐　青蛙，青蛙，放弃贪心吧，

我永远永远不会随你意!

我不屑将你打，

不屑将你骂，

你若知道好与歹，

青蛙呀，赶紧蹦蹦跳跳转回家!（下）

头　人　你看! 你看! 不是我固执，

怎奈姑娘看不上小蛤蟆!

回去吧! 回去吧!

我派四个仆人送你回到家，

拿着粮，拿着油，

拿着够吃半年的盐与茶!

蛙　儿　不要你的粮，

不要你的茶，

我今天必须，必须

递出手中的花!

你怕我的笑，又怕我的哭，

惹恼了我呀，我会哈哈、哇哇，双管齐下!

三　姐　青蛙郎啊，你莫哇哇地哭，

也莫笑哈哈!

我愿随你去，

　　　　　请你递过手中的花!

头　人　住口! 没有我的话,

　　　　　看谁胆敢自己找婆家!

　　　　　你的命儿苦,

　　　　　劈柴磨面用处大。

　　　　　我宁愿舍去几头牛,

　　　　　决不许你早出嫁!

蛙　儿　她是一朵自由自在的花,

　　　　　她要出嫁就出嫁!

　　　　　大姐刁钻二姐坏,

　　　　　请你留着两个小夜叉!

　　　　　三姐呀, 我爱你容颜美,

　　　　　不假脂粉秀如花!

　　　　　我更爱你的性格儿好,

　　　　　不耻嫁到苦人家。

　　　　　献上我的心,

　　　　　献上我的花,

　　　　　咱们携手回家去,

　　　　　乐坏了我的慈善老爹妈! (献花)

　　　　　咱们走!

三　姐　走! 走! 我愿跟你走!

　　　　　这里呀是我的监牢不是家!

　　　　　你的好话打动我的心,

　　　　　我就渴望不分贫富, 不受欺压!

蛙　儿　我家虽寒苦, 恩爱不缺乏! 咱们走!

三　姐　走! 走! 我愿同你走,

　　　　　有恩爱的地方才是家!

头　人　站住！你走！你走！

　　　　我不给你一颗种子，一根头发，

　　　　看你用什么去充饥，

　　　　看你拿什么过冬夏！

蛙　儿　双手是我们的传家宝，

三　姐　种地、砍柴，也折花！

蛙　儿　我们的热汗滴湿了土，

三　姐　既收粮食又收麻！

蛙　儿
　　　　你只知爱黄金，
三　姐

　　　　黄金有价，爱无价！

　　　　青山许我们去开荒！

　　　　我们并肩劳动，汗珠儿更比珍珠大！

　　　　我们会养牛，我们会养马，

　　　　不辞劳苦呀，我们连天神也不怕！（往外走）

头　人　站住！我允许你们去成家，

　　　　只要你们不再说怪话：

　　　　什么修路通北京，

　　　　什么不分贫富，不受欺压！

蛙　儿
　　　　我们高兴说，大家愿意听，
三　姐

　　　　谁能拦住百姓说真话？（又走）

头　人　站住！站住！你们敢再走一步，

　　　　我的毒弩一齐发！

蛙　儿　难道你忘了我会哭，

　　　　我会笑？哇哇！哈哈！

　　　　〔头人等皆不能动。

蛙　儿　　再会吧，再会吧！
三　姐

　　　　走出这阴暗的肮脏的小朝廷，

　　　　红日清风天地大！（下）

头　人　哇呀呀！哇呀呀！

　　　　我的心气碎！肺气炸！

　　　　今天放走小青蛙，

　　　　有谁见我还害怕？

　　　　追！追！追！

　　　　追上他们刀枪齐下！

　　　〔外面蛙儿的声音："哇哇！哈哈！"头人怒目，但不能动。

第三场

时　间　秋收之后。

地　点　蛙儿家外面。

人　物　仆甲、大姐、二姐、三姐、父亲、母亲、蛙儿

〔**幕启**：景如第一场，但屋子靠后一些。靠近台口，大树数株，左右都有小道。中间一小道，通到蛙儿的家。屋子增加了一间，原有的两间也修理齐整。屋外堆起新的禾草，时时有牛羊与鸡鹅的鸣声。不问可知，蛙儿家的生活比以前好多了。

〔仆甲引大姐、二姐上，往蛙儿家走。

仆　甲　头人一定猜得对：

　　　　三姐出嫁必后悔！

大　姐

二　姐　她怎能不后悔？

　　　　食无粮，眠无被！

　　　　破烂的洞房中，

　　　　共枕伴蛙睡！

乘着她后悔，我们哪，

费几句好话儿叫她知难而退：

劝她乖乖地转回家，

依旧做奴婢伺候我姐妹。

剩下丢了老婆的小青蛙，

气也气个死，活着更无味！

他若是一时死不了，

头人会给他千百个死亡的好机会！

仆 甲 （看见小屋，惊异）哎呀不对！哎呀不对！

看（指），三姐并没有活受罪：

破烂的房屋修整齐，

一间新屋绿树为屏山做背！

（牛羊等鸣声）听，家禽人畜唤秋晴，

丰衣足食的乡村风光多迷人！

姑娘啊，回去吧，

三姐的光景好，没受罪！

纵然万语千言，字字甜如蜜，

恐怕呀，她也不肯意转心回。

大 姐 她受罪，正好劝她早回家；

她享福，哼，我施巧计将她毁！

她命里注定该当作马牛，

她自在逍遥就是犯罪！

小青蛙，狂妄的小妖魔！

必须早日铲除，不许他作祟！

快走，老仆人！三姐即便长翅飞，

我们会将蛛网织在她屋内！

〔三姐手提乳桶，唱着由旁边走来。她更健美可爱了。

三　姐　秋高气爽牛羊肥，

　　　　勤俭持家生活美！

　　　　（看见她们）啊？姐姐们怎么有闲情，

　　　　不嫌地僻山高来看小妹？

大　姐　山高挡不住姐妹的爱，

二　姐　地僻拦不住马如飞！

大　姐　我们日夜思念好三姐，

二　姐　梦里啊呼唤你千万回！

大　姐　想到啊你受饥寒姐酸心，

二　姐　想到啊你不快活姐落泪！

三　姐　多谢大姐与二姐，

　　　　我婚后的生活比婚前美：

　　　　不劳大姐多关心，

　　　　不劳二姐代落泪！

　　　　我们一家恩恩爱爱，

　　　　同心协力，人壮畜旺家禽肥！

　　　　姐姐呀，即使我再苦上一千一万倍，

　　　　宁死也不去做奴婢！

　　　　现在啊，每日里清风吹送我的歌声，

　　　　我相信，青山明月听见也心醉！

大　姐　三姐呀，随我们回去吧，

　　　　头人想你彻夜难安睡！

三　姐　他呀，想我如想失去的一头牛！

二　姐　你这么说话就造了罪！

　　　　头人关心你快活不快活，

　　　　头人关心你洗面用水还是用泪！

三　姐　请你们替我告诉他，

我每逢回想过去才落泪！

大　姐　三姐不要太无情，

　　　　叫我们的善心都白费！

　　　　即使你有吃也有穿，

　　　　你的丈夫可是三分像人七分倒像鬼！

　　　　头人为此日夜愁，

　　　　也急坏了我们两姐妹！

　　　　你想啊，哪个新妇不愿夸新郎，

　　　　只有你，提起新郎就含羞带愧。

三　姐　我为什么羞？为什么愧？

　　　　蛙郎的貌陋心田美！

　　　　他敬双亲他爱妻，

　　　　他爱牛羊与山水。

　　　　他爱山中的每朵花，

　　　　不肯损伤一根蕊！

　　　　他不辞劳，不畏苦，

　　　　他一边歌唱一边抡动锄与锤！

二　姐　三姐你是迷了心，

　　　　分不清哪是丑陋哪是美！

三　姐　什么是美？什么是美？

　　　　难道就是皮鞭打烂别人的头与背？

大　姐　三姐你夸丈夫美，

　　　　不过是嘴上刚强，心中却后悔！

　　　　你可敢同他去出游？

　　　　你可敢携手同他去赴会？

三　姐　告诉我要赴什么会，

　　　　准叫你看见手拉手儿我们一对！

二　姐　秋收已过谢神恩，

　　　　百里之内老少男女齐赴赛马会。

　　　　姑娘们打扮得比花更美，

　　　　环绕着英俊的骑手啊歌传情，舞姿媚!

　　　　你的蛙郎可敢去，

　　　　疾驰骏马放光辉?

　　　　你可敢当众给他牵着马，

　　　　叫声绿脸情哥呀，祝你得胜归?

三　姐　（低首思索）……

大　姐　三姐呀，你若没有衣装去赴会，

　　　　姐姐借给你，锦衣成套，珠翠成堆!

三　姐　红莲不靠胭脂染，

　　　　红颜不靠装饰放光辉。

二　姐　到底你敢去不敢去?

　　　　证明你并不口是心非。

大　姐　二姐，不要逼她强点头，

　　　　叫她难过，嘴硬心中馁!

三　姐　我心口如一爱蛙郎，

　　　　我敢陪他并肩携手去赴会!

二　姐　不幸啊，蛙郎若从马上掉下来，

　　　　跌碎了玻璃眼珠哪里去配?

大　姐　是呀，眼珠易跌碎，

　　　　跌碎不好配!

三　姐　你们心里没有一个好念头，

　　　　你们的舌上有毒，唇污秽!

　　　　恕我不让你们家中坐，

　　　　再见吧，

你我相逢在赛马会!(含怒往家中跑)

大　姐　哈哈,三姐中计冒了火,

哈哈,青蛙必定去赛会!

快快回家禀老父,

青蛙赛马必跌碎!

拔去父亲的眼中钉,

老人家必定厚酬我姐妹!

事不宜迟,叫他三分田与财,

你、我、他各得一份,

公平分配!

二　姐　叫他立下个字据来,

那就是你我应得的嫁妆费。

赛马会上你我找情郎,

有情,有财,你我比天仙美十倍!

仆　甲　那边来了蛙姑爷,

上前迎接还是后退?

〔她们急藏在树后,仆也藏起。蛙儿与父母各执农具自田中归来。

父　亲　蛙儿呀,这几天为什么笑声少?

莫非身上不舒服?

母　亲　莫非是恐怕头人未息怒,

找上门来图报复?

蛙　儿　双亲哪,儿已是成了家的人,

理应当少贪游戏多辛苦!

母　亲　金鸡未唱你起床,

日落西山你手脚不停住,

你已够辛苦,

操劳勿过度!

蛙　儿　妈妈呀，我虽早起晚睡多辛苦，

　　　　　可是啊，我的力量还不足！

　　　　　前几天，又梦见了慈悲"地母"，

　　　　　给我指出光明路。

父　亲　莫非还是那三条？

蛙　儿　是！一叫世人不再分贫富！

　　　　　二叫百姓不受官欺侮！

　　　　　三是一条大道通北京，

　　　　　有无相通，汉人与我们万世永和睦！

母　亲　感谢神明，慈悲的"地母"！

　　　　　做到这三条啊，人人都在天堂住！

父　亲　蛙儿呀，"地母"还有什么新嘱咐？

蛙　儿　叫我呀，先把精力养十足：

　　　　　日行千里不疲劳，

　　　　　雪地冰天不觉寒苦，

　　　　　天南地北逢人说，

　　　　　说这三条光明路！

父　亲　可是呀，百姓和头人心不同，

　　　　　头人必将你拦阻！

蛙　儿　所以呀，我才应当操劳再操劳，

　　　　　养足力量，穿山越岭如猛虎！

　　　　　〔三姐跑来。

三　姐　父亲、母亲请去用饭，

　　　　　饭后啊请你们休息一下午！

父母亲　贤孝儿媳多么可爱，

　　　　　真是我呀我二老的掌上珠！（下）

三　姐　蛙郎，蛙郎，我问你，

赛马会将到，你可以驰马赛箭邀神福？

蛙　儿　好三姐，容我想一想！

三　姐　想一想？噍，噍，莫非你怕相貌丑，

姑娘们不给你欢呼？

我会用尽全身力，

喊破喉咙，我给你欢呼！

蛙　儿　好三姐，的确真心热爱我！

三　姐　我爱丈夫正如你爱我这小媳妇！

好，好，你我携手去，

赛马会上叫千人万人认识我的好丈夫！

蛙　儿　三姐容我细细想一想！

三　姐　难道你失去勇敢变成懦夫？

蛙郎，去吧！去吧！

携手同行，堂堂的小夫妇！

你常言："打算得胜先别怕！"

我们藏躲，头人的锐气足！

大姐、二姐刚才来看我，

想必是测探虚实面善心毒！

蛙　儿　我，我，我……

三　姐　为什么迟疑不决，吞吞吐吐？

为什么叫我伤心想啼哭？（掩面跑下）

蛙　儿　三姐莫伤心，我去，我去！

好好地商量切莫啼哭！（追下）

〔大姐等从树后探头，轻轻地出来。

大　姐　二姐你可听清楚？

二　姐　还是那三条催命符！

大　姐　没有穷没有富，

谁去享福谁受苦?

二　姐　百姓不受官欺侮,

　　　　做官还有什么好处?

仆　甲　一条大路到北京,

　　　　逛逛北京真舒服!

大　姐　呸! 呸! 头人本会做买卖,

　　　　干什么有无相通修大路?

　　　　青蛙青蛙的确是妖魔,

　　　　咱们急快回家禀告老父!

　　　　请他快快想出计千条,

　　　　别等青蛙闹得天翻与地覆! (同下)

第四场

时　　间　前场后数日。

地　　点　赛马大会。

人　　物　群众若干人、仆甲、头人、大姐、二姐、仆乙、三姐、父亲、蛙

　　　　　骑手（蛙儿）

〔**幕启**：远山。一片广场。远处有不少帐篷，远道而来的在帐篷中
过夜。近处有看台，备头人等休息及看赛马之用。台口摆大束红
花——赛马的锦标，来来往往有游玩的，有卖香、烛的，有卖小
吃的……一群姑娘围着四位骑手正在歌舞。一些年纪较大的旁观。

姑娘们　哪里有爱情，

　　　　　哪里是春天!

　　　　　想要春光好，

　　　　　相爱乘青年!

　　　　　感谢神，及时降甘雨，

　　　　　粮足瓜果鲜!

　　　　　感谢神，保佑我们人畜两旺，

家家户户快乐平安!

神啊,叫老人们都长寿,

叫孩子们聪明又喜欢!

更别忘赐福给青年男女,

叫我们随心如意早结良缘!

骑手们　我们谢神显身手,

矫健如虎,轻捷如猿!

姑娘们,我们的幸福啊,

全在你们的秋波里一转!

姑娘们　说什么秋波哪一转,

我们是来看驰马与射箭。

谁能箭箭中红心,

姑娘们的心啊就会激颤!

谁能够扬鞭一马当先,

姑娘们的心啊就会飞到马前边!

骑手们　我们的雕翎响处天地颤,

我们的骏马追过暴风前!

我们怎能不勇敢,

姑娘们喜爱勇敢青年!

姑娘们
骑手们　多么美的地,多么美的山,

多么美的男女,地上山前!

歌吧,舞吧,日夜狂欢。

叫美丽的地上呀永远是春天!

旁观者　地美山美万物美,

只可惜人的生活并不美满!

流尽血汗的挨饿受冻,

手脚不动的反倒粮谷堆成山!

〔仆甲执鞭引头人、大姐、二姐上。仆乙后随。人们一齐敬礼,场

上静寂。

头　人　适才间是哪个口出怨言?

说什么生活不美满?(无人敢回答)

哈哈哈,有什么委屈尽管倾吐,

我是你们的朋友与青天!

说吧,谁缺粮? 谁借款?

在这吉祥的日子我行善!

不要人穷志气短,

不假思索轻信谣言!

神的安排最公正,

有贫有富理当然!

官儿都爱老百姓,

不爱官的百姓才受皮鞭!

你们对我须说实话,

我是慈心的富贵神仙!

〔众仍不语。

大　姐　他们不语,因为心有愧,

后悔随便说出怨言。

父亲哪,你的慈善人所共晓,

请上台去看我们舞翩翩!

〔仆甲、乙引头人上看台。姑娘们要躲开。

别走,别走,咱们同歌舞!

你们的红裙绿袄招我喜欢!

这块地是我爸爸的地,

他的土地一直连到那座远山!

我家的地，你们来玩，

你们看，父亲慈善不慈善？

二　姐　（对骑手们）来吧，陪我唱，陪我舞，

我今天不管谁穷谁有钱！

（端详一骑手）今天不嫌你眼大无神虚张声势，

（端详另一个）也不嫌你鼻孔朝着天！

都唱，都舞，都欢笑，

做到啊皆大欢喜四季平安！

〔先由大姐、二姐与二骑手起舞，慢慢地姑娘们也参加进来。头人
高坐台上，二仆侍立。

头　人　拐走三姐，青蛙的胆包天，

此仇不报，怎能保住我的威严？

何况他还要惑乱人心，聚众造反，

硬敢说不分贫富不怕官！

收拾他，结果他，立刻要下手，

养痈成患啊哪里有灵丹？

仆人们，四面可曾埋伏好？

仆　甲　家人们已经混藏在游人里边！

头　人　嗯！（对仆乙）再去嘱咐他们一遍，

叫他们谨记在心间！

蛙儿有一张绿色的脸，

对准绿脸的放冷箭！

必须用智斗蛙儿，

杀死他，每人赏吃一顿饱饭！

他们倘若不尽心，

蛙儿不死，每人来领四十大板！

再派一个好打手，

马上飞奔越过山，

相机而行，烧光蛙儿的破房子，

叫他纵然不死也得受饥寒！

〔仆乙下。三姐同公公上。

父　亲　三姐呀，头人高坐看台上，

你我顶好躲在外边！

三　姐　亲爱的父亲不要怕，

谢神的会上他不敢动凶蛮！

〔大姐、二姐舞罢，看见三姐。

大　姐　三姐，三姐你可好？

你的蛙郎他在哪里玩？

二　姐　老人家，你可好？

老妈妈为何不在你身边？

大　姐　莫不是蛙郎自惭形秽？

莫不是你伴他同来同去有点难堪？

二　姐　莫不是妈妈不许他出来赛马，

怕他出丑现眼，连人带马跌成一团？

三　姐　你们不必心坏嘴尖酸，

勇敢的蛙郎就在后边！

大　姐　为什么在后边？

不与你并肩？

是你嫌他丑？

还是他难堪？

二　姐　为什么在后边？

走得比你慢？

难道没有马？

骑牛过青山？

大　姐　骑牛最稳当，

　　　　骑马多危险，

　　　　一个不留神，

　　　　摔成烂鸡蛋！

　　　　〔姐妹狂笑着到看台去。

三　姐　蛙郎，蛙郎，为什么不快来，

　　　　莫非真在中途出了危险？

　　　　不能啊，不能！

　　　　平日里你会砍柴射猎越岭登山！

　　　　快来吧，蛙郎！快来吧！

　　　　别叫我受尽嘲笑意乱心酸！

　　　　蛙郎啊，来吧，我知道你勇敢，

　　　　你必得胜叫仇人胆寒！

父　亲　三姐呀，他既不来，我们回去吧，

　　　　这样争强斗胜叫我不安！

三　姐　我与蛙郎仔细想过：

　　　　他来赛马是为叫我们更安全。

　　　　头人阴险如狐狸，

　　　　欺软怕硬诡计多端。

　　　　我和蛙郎不敢露面，

　　　　头人会不忘旧恶，寻衅到门前！

　　　　蛙郎若来赛会得胜利，

　　　　头人反会后退暂避争端！

　　　　〔锣鼓齐作，号筒齐鸣，赛马即将开始。若干骑手们结队而来，执

　　　　鞭带箭。大姐、二姐下台来鼓舞最漂亮的青年们。

大　姐
二　姐
　　　　开屏的孔雀不比你们美,

　　　　云里的雄鹰不比你们的羽翼坚!

　　　　我们的美青年! 美青年!

　　　　用尽力, 放开胆, 你们的英俊堪配天仙!

　　　　我们的美青年! 美青年!

　　　　天仙离你们并不远,

　　　　现在站在你们跟前!

　　　　我们的美青年! 美青年!

　　　　你们有心, 我们有眼,

　　　　得胜回来幸福不浅!

　　　　我们的美青年! 美青年!

　　　　〔她们看见三姐, 走过去。

大　姐　三姐看看这些美青年,

　　　　没有一个长着琉璃眼。

　　　　哎呀, 我真想见见蛙郎面,

　　　　怎奈他不肯赏脸, 不肯赏脸!

二　姐　三姐你爱哪个美青年?

　　　　请你自己来挑选。

　　　　你若仍旧爱蛙郎,

　　　　怎奈蛙郎不肯露面, 不肯露面!

三　姐　蛙郎不用你们关心,

　　　　我知道他比谁都勇敢!

大　姐
二　姐
　　　　是呀, 蛙郎比猛虎还勇敢!

　　　　可惜呀藏在洞里不敢下山!

　　　　〔锣鼓再响, 骑手们作"赛马舞""射箭舞", 而后再作"赛马舞",

疾下。

大　姐　骏马奔腾红尘遮住天，

　　　　三姐呀，不见蛙郎我替你不安！

三　姐　蛙郎，蛙郎，快来吧，

　　　　自信必胜的不怕来晚！

　　　　〔应声而上，来了个最英俊的青年，执鞭带箭春风满面，即青蛙骑

　　　　手。大家都认不出他是谁。

蛙骑手　不忍催马紧加鞭，

　　　　信马由缰山水间。

三　姐　（急迎上去）蛙郎，蛙郎，噢，不是！不是！（低首含羞）

大　姐　三姐，错认了丈夫多么难堪！（用指羞她）（凑近骑手）

　　　　哎呀，哎呀，我不必问你的名和姓，

　　　　我愿与你立刻订良缘！（骑手不理她）

二　姐　大姐你且退后点，

　　　　我早与他梦里誓海盟山！（骑手不理她）

蛙骑手　青年骑手都何在？

　　　　为何不见风驰电掣马壮人欢？

　　　　〔一群姑娘都围上来。

姑娘们　你艺高胆大来得晚，

　　　　你看（指远处），看，他们放马手扬鞭。

蛙骑手　姑娘们，且看我镫里藏花巧射三支箭，

　　　　箭中红心，请你们莫吝欢呼声震天！（弯身巧射三箭，都中红心。

　　　　姑娘们跳跃欢呼。随后，俯拾野花一把）

　　　　感谢你们欢呼与喝彩，

　　　　这些吉祥的花朵请佩在胸前！（散花，姑娘们争拾）

　　　　青骢马呀，施展你腾云超海的真本领，

　　　　赶上、超过，远远超过那些青年！（疾驰而去）

姑娘们 他是谁？他是谁？

骏马如龙人似仙？

大　姐 他是我的好朋友，

我不许你们多看他一眼！

二　姐 姐姐的朋友是我的未婚郎，

谁多看他一眼哪，谁就烂眼边！

大　姐 （对二姐）呸！呸！

〔姑娘们大笑，三姐亦笑。

大　姐
　　　　　（齐对三姐）请问你，有什么心肠哈哈地笑？
二　姐

难道说蛙郎就是那个美青年？

蛙郎不敢来赛会，

他不知羞你没脸！

走，走，上台去见老父亲，

他会赏你皮鞭与锁链！

父　亲 二位小姐高抬手，

原谅三姐年轻不知深浅！

三姐呀，蛙郎想是不能来，

快随老父回家转！（拉她走）

三　姐 我本想在千人万人前，

显一显蛙郎的本领与勇敢！

叫百里之内父老认识他，

认识他的面貌与肝胆！

也叫头人的眼睁开，

莫道你强我们软！

为什么，为什么，蛙郎不肯来？

叫我呀受辱蒙羞难仰脸！

蛙郎啊，我不恼你也不怨，

为你蒙羞啊我定不呼冤！

老父亲，我们低头回去吧，

我不会一步一心酸！

〔三姐一边唱一边挽着父亲走去。

大　姐　二姐，放走三姐还是捉住？

二　姐　且叫她多活三两天！

三姐无足虑，蛙儿是祸胎，

打草惊蛇不上算！

〔蛙骑手为首，骑手们先后驰归。姑娘们欢呼。骑手们绕场疾舞一

匝。蛙骑手到台前取得红花。

蛙骑手　英雄爱骏马，

人海一扬鞭！

不见人，不见山，

万里晴空一条闪。

人与马，心相连，

齐与日月夺时间！

疾风耳边响，

热血风中卷，

豪迈好青年，

越岭超山顷刻间！

辞别众父老，

红花佩胸前。

明年赛马会，

相见再联欢！（疾走下）

大　姐

二　姐　请你不要走，不要走！

我们给你设酒宴!

歌舞,酒宴,男女青年,

知心话儿说上几夜几天!(他已走远)

他已走远,唉!世上什么最虚空?

是你,是我,可怜!可怜!(相抱而泣)

第五场

时　间　与前场同时。

地　点　蛙儿的家。

人　物　母亲、打手、蛙骑手、父亲、三姐。

〔幕启：母亲独坐屋外。膝上放着蛙儿的绿皮。打手窥探。

母　亲　三姐说的也有理：

越怕出头越受委屈！

蛙儿本来不肯赛马去，

他懂得养精蓄锐不心急。

可是呀，他不肯叫三姐含泪忍气，

他也愿试一试自己的本领高或低。

他与我轻声地仔细地相商议，

好不好暂时脱下绿蛙皮？

脱下蛙皮他就是美男子，

是呀，心藏珠玉自会貌英奇！

可是呀，脱下皮肤他寒冷，

无法度过三更灯火五更鸡！

他必须几番大胆去冒险，

功成圆满才敢不再要蛙皮！

可爱的蛙儿气壮心细，

千嘱咐万嘱咐看守这件生命之衣！

对！对！我一动也不动守在这里，

像守着生病的娃娃寸步不离！

蛙儿，蛙儿，快快回来吧，

不要贪玩等到日偏西！

你的命啊交在我手里，

只有看见你啊我才能够自在呼吸！

（打手冷不防地跳过来，夺取蛙皮。母亲不放手，被打手踢倒，把
蛙皮抢去）救命啊！救命啊！

你，你，要东西要钱，请你随便取，

千万别伤了那张皮！

打　手　我来是为放一把火，

风高火旺，顷刻烧完一切破东西！

意外得到这件宝贝，

不烧不杀，留下你。

好叫你啊，痛苦更大，

抱着冰冷的蛙儿日夜啼！（下）

〔母亲想追，但无力气立起来。

母　亲　神哪！慈悲的神哪！

我造过什么孽？叫谁受过屈？

为什么，为什么，把赐给我的宝贝又忽然夺回去？

"地母"啊，你叫蛙儿养足力气，

你叫他逢人细讲你的好言语！

正是为试试他的力量够不够，

他才暂时脱掉那张皮！

"地母"啊，你怎么不施展无边法力，

保佑蛙儿，惩罚杀人放火的坏东西？

〔蛙骑手唱着走来。

蛙骑手　马走如飞心狂喜，

这回的胜利解去犹疑，

虽然还未练成钢筋与铁骨，

可是啊的确赛马能得第一。

再能苦练二三载，

必定翻山越岭不觉疲！

那有多么快活多么好，

我会阔步疾行一日千里！

到处宣扬"地母"的好言语，

叫人间没有强把弱的欺！

妈妈，妈妈，我回来了，

遵你嘱咐，我没敢耽延到日向西！

啊？妈妈！妈妈！

母　亲　儿！我的儿！强盗啊劫去了你的皮！

蛙骑手　啊？什么？妈妈！什么？

母　亲　强盗，强盗，劫去你的皮！

〔蛙骑手昏倒。

儿呀，儿呀，不是为娘不在意，

你走后，我抱着它呀片刻未曾离！

谁知道，祸事忽然从天降，

我想拼命都已来不及！

蛙儿！蛙儿！醒醒吧！

快与妈妈同想好主意!

蛙骑手　妈妈呀,不要伤心,事不怨你!

都怪我呀粗心不仔细!

那强盗必是头人派来的恶爪牙,

你赤手空拳,气衰年老,怎能敌!

妈妈呀,我丑我俊无关系,

只是啊为酬三姐的恩爱我愿意化丑为奇!

况且啊,"地母"的神旨不可违背,

我早晚必须脱掉那张皮。

这一关迟早必须过,

只可惜我没有细想这招棋。

我应带着它前去赛马,

一觉寒冷就披上宝衣!

妈妈呀,不要伤心哭坏身体,

大事已去,无须相对苦悲啼!

母　亲　儿呀,你的马匹在哪里?

蛙骑手　在门前草地落汗、休息。

母　亲　你能不能熬过今夜晚?

蛙骑手　熬不过报晓的三遍鸡!

母　亲　好,我骑上你的青骢马,

去找头人要宝衣!

我的血泪,哀求,与母爱,

也许能感动豺狼放弃杀机!

蛙骑手　我劝老娘不必去,

恶兽不会放松口中的鸡!

母　亲　好吧,叫为娘紧紧搂抱你,

等三姐回来定主意!(抱他)

〔有马蹄声，三姐同父亲上。

三　姐　（回顾）千谢万谢好邻居，

　　　　肯将快马借给我们骑！

　　　　要不然，日落西山难到家里，

　　　　惦念蛙郎，我心里着急！

　　　　（对父亲）一路之上我思来想去，

　　　　莫非蛙郎变了模样赛马得第一？

父　亲　他若是蛙郎，应当道喜，

　　　　你不嫌他丑，当然更爱他颜如玉！

母　亲　三姐，三姐，快点来吧！

三　姐　（跑）母亲因何这样着急？

　　　　（看见蛙骑手）啊？你是，你真是那个美骑手，

　　　　为什么面色苍白身软如泥？

父　亲　儿呀，莫非劳累伤了元气？

　　　　喝杯烈酒把神提？

蛙骑手　三姐！三姐！握住我的手，

　　　　我们至死不相离！

三　姐　啊？死！死！红花刚刚才佩起，

　　　　说什么死别与生离？

母　亲　三姐，三姐，把他交给你，

　　　　我去找头人索要蛙郎的皮！

三　姐　（哭）皮！皮！蛙郎，蛙郎，是我害了你！（抱他）

　　　　你活我活，你死我死，决不相离！

父　亲　（对妻）去找头人有何用？

　　　　他久把咱们全家视作仇敌！

母　亲　我去！我去哀求说好话，

　　　　好话不行啊，一头撞去至死不屈！

蛙骑手　（声音微弱）妈妈！妈妈！不必去！

母　亲　神的孩子呀，等着我，你必须熬过三遍鸡！

　　　　　〔母亲要走，父亲拦阻，拦不住。父亲追下。

三　姐　蛙郎啊，难道你熬不过鸡鸣三遍？

蛙骑手　三姐，安心吧，在你的怀中至死也欢喜！

三　姐　靠紧点，靠紧点，

　　　　　叫我的热泪往你身上滴！

　　　　　你莫开言，莫焦急，

　　　　　休费精神休耗力！

　　　　　倾尽我的爱泉的泪，

　　　　　像甘露滴入莲心里！

　　　　　泪流完啊，还有热血，

　　　　　我的心，我的血，我的生命全都交给你！

　　　　　〔光渐微。父亲回来。

父　亲　白日西沉凉风起，

　　　　　将蛙郎啊轻轻地移到屋中去！

　　　　　唉！神啊！我平生老实不敢多事，

　　　　　为什么用重重苦难将我的背压低？（边唱边与三姐将蛙郎抬起）

　　　　　蛙郎有颗金子的心，

　　　　　为什么不许他活下去？

　　　　　三姐呀，守着他，寸步不要离，

　　　　　我生起火来添些暖气！

　　　　　蛙儿呀，莫道人间只有寒冷，

　　　　　温暖就在咱们这寒家里！

　　　　　〔灯熄，暗转。灯再明，屋里。已至半夜。三姐仍搂抱着蛙郎。鸡
　　　　　鸣第一遍。

三　姐　惊闻一声鸡，

泪尽还要啼!

神哪,禁止金鸡唱,

别叫旭日按时升起!

鸡鸣三遍啊,蛙郎,蛙郎,

就、就,与世长离!(大恸,泪已成血,滴在他的脸上)

蛙郎,听我说仔细,

火旺屋中暖,金鸡并未啼!

神爱你,我爱你,

父母爱你,邻人都爱你!

活起来,活下去!

把"地母"的话呀播种在人心里!

蛙骑手 (微弱地)三姐,你的泪落在我脸上是暖的!

三　姐 (用灯照)我的泪变红,热血,热血,全给你!

若是我的热血能将你救活,

我愿流尽,流尽最后血一滴!

为救你,我不惜死,

救活你呀,好到山南山北传播好消息!(拾起短刀,割破左臂,将血涂在蛙郎身上)

我的血用爱凝成,

我的爱都交给你!

是不是热血涂哪里,哪里觉温暖?

蛙骑手 是!是!三姐,为救我呀苦了你!

三　姐 (继续涂血)说什么苦了我,

你我原来是一体!

没有你,我会惨死在头人家,

没人怜我心诚貌美丽!

我只是森林里的一棵花,

不见阳光，叶弱花枝细！

是你，是你，给我带来恩与情，

叫我的心中有了生意！

我们并肩去下田，

我们携手砍柴去。

同爱羊与牛，

同爱鹅与鸡，

日子虽苦啊，

我们的恩爱带来欣喜！

你丑，我不嫌你丑，

我的眼啊看到你心中去！

你美，我就更欢喜，

勤劳、勇敢、英俊，天仙也难比你美丽！

从今后，我管你叫青蛙骑手。

你心第一、品第一，赛马也第一！

从今后，你不必再要那张皮，

永远哪，穿着我的热血做成的衣！

你到山北，我愿随你到山北，

你到河西，我愿随你到河西！

我们一同说，一同唱，

说呀唱呀"地母"的好心意！

那该多么美，

没有贫富，没有恶霸与奴隶！

那该多么美，

好百姓啊不再受官欺！

那该多么美，

有无相通，

北京和这里互送好东西!

父　亲　(上) 三姐! 三姐! 鸡鸣二遍!

三　姐　他身上心里可已不战栗!

蛙骑手　感谢贤妻! 感谢贤妻!

春风又吹到我的身上和心里!

世间没有妙药与灵丹,

起死回生仗着你的爱心无穷无息!

三　姐　蛙郎啊, 蛙郎! (昏倒)

蛙骑手　父亲! 父亲! 快救三姐!

神哪, 别将死罪转给我的妻!

〔父亲给三姐扎裹止血。鸡鸣三遍。

父　亲　三姐, 好儿媳!

救人的不会毁了自己!

蛙骑手　三姐, 热心把我们凝在一起,

我们的身、心永不分离!

第六场

时　间　前场次日。

地　点　头人的大门前。

人　物　群众若干人、头人的仆奴若干人、母亲、仆甲乙、头人、大姐、
　　　　二姐、三姐、蛙骑手。

〔幕启：头人的大门外，群众三五成组，交头接耳。头人的仆奴们
武装肃立。母亲被锁在一株小树上。

群众一组　（低唱）

　　　　做人难！做人难！

　　　　下有头人上有天！

群众二组　（低唱）

　　　　天降灾，涝与旱，

　　　　头人依旧要粮、钱！

群众三组　（低唱）

　　　　头人莫轻犯，

　　　　宁可得罪天！

天神无刀剑，

头人有皮鞭！

群众四组 （低唱）

今朝又何事？

传唤到门前？

家无隔夜粟，

身无一文钱！

群众全体 （低唱）

为什么锁上老婆婆？

莫非当众将她审判？

她莫非欠下了钱？

还是家奴梦想挣脱铁锁链？

母 亲 我不欠他一文钱！

为救娇儿项带锁链！

我洒尽慈母泪，

好话说万千，

可是头人心比铁石坚，

反说我兴风作浪应当严惩办！

〔大家同情她，纷纷耳语。

众 仆 肃静，肃静，不许交谈！

静候头人驾到，一齐参见！

〔众静默。仆甲、乙导头人出来，大姐、二姐随后。头人手中提着

蛙皮，像提着一块破布那样。

母 亲 （挣扎）给我！给我那张皮！给我！

人命关天！人命关天！

头 人 住口！你敢再狂喊，

我叫你立刻腰折骨断！

百姓们，不许乱动，不许开口，

低头恭立听我言：

这个妖婆（指母亲）住在小山后，

造孽呀，生下个妖精将我隐瞒！

群　众　妖精？妖精？

头　人　那妖精本是青蛙变，

绿脸金眼睛观天！

因为他，我们的庄稼长不好，

因为他，我们的牛马不平安！

我叫妖婆妖父除掉小妖怪，

省得呀天神降罪，你我受牵连！

哪知道，那小小妖魔有邪法，

一阵风卷走了三姑娘强缔姻缘！

想起贤惠的三闺女，

我们全家日夜泪涟涟！（抹泪）

大　姐　可怜的三妹吞声饮泪，

陪着个冰凉的青蛙呀共枕同眠！（抹泪）

二　姐　可怜的三妹中了魔法，

把塘中的蝌蚪叫作亲眷！（抹泪）

头　人　我越宽大，妖精越狂妄，

到处去惑乱人心散布谣言：

说什么，人间不应分贫富，

和什么，只要百姓不要官！

想一想，没有富人谁来行善？

没有官府，岂不就是灭了青天？

青蛙越来越大胆，

他竟敢脱去蛙皮来到山前！

他摇身一变变成个美男子，

在赛马会上射箭扬鞭！

群　众　原来是他？原来是他？

我们都爱他人强马壮飘飘欲仙？

大　姐　当时连我也心里发乱，

真想跟他立结良缘！

二　姐　妖精只要长得美，

我嫁妖精也心甘！（媚笑）

头　人　不准乱讲！不准发笑！

听我说怎么看破个里机关！

昨晚我刚进过饭，

霞光瑞彩，降下神仙！

燃起香烛忙参拜，

神仙对我吐真言：

蛙妖脱掉这张皮，

夜间寒冷，活不到金鸡鸣三遍！

神仙说：头人哪，你的德高福气大，

这张皮啊，给你做双靴子穿！

母　亲　还给我！还给我！

还我儿子的命，别再造谣言！

头　人　住口！妖婆啊，这张皮已没用处，

你看看，红日当空明万山！

现在呀，蛙妖已经遍体冷如冰，

十个太阳难叫他温暖！

群　众　头人哪，青蛙现已死，

请忘旧怨结个善缘！

还给他的身上皮，

当作寿衣埋起，他必感激！

头　人　胡说！哪个妖魔穿寿衣？

　　　　哪个妖魔懂感激？

群　众　请头人释放老婆婆，

　　　　叫她回家去哭奠！

头　人　妖母才会生妖娃，

　　　　放走她，她还会兴妖作怪天昏地暗！

　　　　她不服从我的命令杀妖蛙，

　　　　反倒找上门来狂呼乱喊！

　　　　不服从，该打八十板！

　　　　来乱喊，应责一百鞭！

　　　　谁看她可怜，

　　　　谁就要造反！

　　　　赏她一百鞭，

　　　　铁人也打烂！

　　　　人来，人来！（二仆趋前，抢起皮鞭，鞭响三下）

　　　　打，打，打……

　　　〔二仆尚未及举鞭，马蹄疾响，蛙郎与三姐高唱而来。三姐的左臂
　　　用小板托着。

蛙骑手
三　姐　日朗风清秋色艳，

　　　　红叶如花花未残。

　　　　这晴朗的天地，

　　　　美丽的山川，

　　　　应当啊月圆花好人长寿，

　　　　美好的生活似蜜甜！

　　　　可是呀，为什么月缺花残，

　　　　　　阳光下呀却一片黑暗！

　　　　　　慈祥的老母项戴铁链，

　　　　　　罪恶的手啊扬起皮鞭！（过去，把老母解下）

母　亲　蛙郎！三姐！

　　　　　难道这是相逢在九泉？

蛙骑手　母亲啊！鸡鸣三遍儿体未僵冷，

　　　　　三姐的热血暖到我心间！

三　姐　母亲啊，快快随我们回家去，

　　　　　躲开这无情的地方乐享团圆！

头　人　我看哪个敢走？

　　　　　哪个目无头人，来去随便？

　　　　　小蛙妖，你的皮肤在我手里，

　　　　　我将它扯碎，扯碎，碎成千万片！（狠狠地扯）

蛙骑手　皮已没有用，

　　　　　扯碎也徒然！

头　人　你的形体变，

　　　　　魔法必丢完，

　　　　　我还有弓箭，

　　　　　我还有皮鞭！

　　　　　小子们，一齐杀上去，

　　　　　不许他生还！

　　　　　〔仆众不起劲地慢慢前进。

蛙骑手　我的形体变，

　　　　　变成了人啊，力量无边！

　　　　　我还会哭，我还会笑，

　　　　　我的哭笑叫地转天旋！

　　　　　〔头人低首，仆众立定。

大　姐　请你不要哈哈与哇哇！我的美青年！

　　　　你若丢下三姐，我愿带着珠宝随你上山！

二　姐　三姐呀，你在这里陪着大姐，

　　　　我伴蛙郎香茶美酒，月下花前！

母　亲　呸！呸！你们不要脸！不要脸！

　　　　我家媳妇才貌双全！

　　　　蛙儿，三姐，随娘去，

　　　　不叫那两个疯丫头任意胡缠！

　　　　〔三口儿走向群众。

蛙骑手　父老们请听"地母"教给我的话，

　　　　"地母"的话语叫人世永远是春天！

母　亲
　　　　春天，春天，永久的春天！
三　姐

　　　　人人饱暖，四季花鲜！

蛙骑手　没有贫富，官不欺民，

　　　　自由自在地织布耕田！

母　亲
　　　　只有恩爱，没有皮鞭，
三　姐

　　　　把怕冷的羊羔啊抱在怀里边！

蛙骑手　修一条平平坦坦的路，

　　　　通到北京，车水马龙日夜往还！

群　众　（合唱）

　　　　"地母"的语言金声玉振，

　　　　字字碰到我们心间！

　　　　美丽的人间，美丽的春天，

　　　　柳绿桃红，风和日暖！

　　　　再不见含冤受辱的辛酸泪！

再不见无情的锁链与皮鞭!

再不见冻死的婴儿鹰叼去!

再不见饿死的老人弃路边!

世间哪,没有怒骂与毒打,

只有啊,操作的歌声与愉快的汗!

"地母"啊,愿你的金言在人间实现,

叫豺狼虎豹都远避深山!

春天,春天,渴望来到的春天,

早些来吧,来吧,给我们带来永久的温暖!

〔群众拥着蛙骑手等缓缓走去,日光更明。头人乘大家离去之际,与大姐、二姐退入院中。仆人等,回头望着群众,缓缓随入,关上了大门。

(全剧终)

一些说明

（一）此剧系根据萧崇素同志整理的藏族民间故事《青蛙骑手》改编。在此谨向萧崇素同志致敬、致谢！

（二）因对西藏古今习俗都不甚熟悉，所以剧中并未强调地方色彩。排演时可以西藏为背景，亦可放在别的地方。人物皆无名，如有必要，可斟酌添上。

（三）剧本与萧崇素同志整理的故事在情节上有些出入：

（1）原故事中，三姐妹都是头人的女儿，剧本中把三姐改为义女，以便更适于嫁给青蛙骑手。

（2）在原故事里，蛙皮是三姐给烧毁的，剧中改为被头人劫去，好多些冲突。

（3）最大的改动是故事的结局。原来是青蛙骑手死去，三姐在他的坟前变成一块石头。在故事形成的年代，这样的结局是很自然的。改编时，我把悲剧变为喜剧，青蛙骑手濒死，被三姐救活。

（4）此外，还另有些小的改动，都是为使故事更集中、人物更鲜明些，即不一一说明。

（四）剧本全文都是有韵的唱词，没有说白。如嫌太多，可将某些部分唱词改为念白，但希望能够朗诵原来的韵语，勿改为散文，因朗诵韵语可配音乐，气氛较好。

（五）青蛙骑手可由二人扮演，前半男中音，后半男高音。前半勾脸，绿面金睛阔口，后半俊扮。